여름을 달려
너에게 점프!

여름을 달려
너에게 점프!

정은경

이동은

오세연

두근두근
꾸륵꾸륵

정은경

어깨를 두 번 돌린다. 잔발을 세 번 뛴다. 탁구대를 한 번 만진다. 무릎을 굽혀 자세를 낮춘다. 복부에 힘을 주고 라켓을 쥔 오른손을 몸의 중앙에 가져온다. 네트 너머, 안산 인현여고 1학년 허민영 선수가 서브 자세를 취한다. 획, 허민영 선수가 높이 토스한다. 천장에 닿을 만큼 공을 높이 던진 후 내려오는 가속도를 이용해 공을 치는 일명 스카이 서브. 같은 스카이 서브라 해도 내려오는 공에 어떤 회전을 먹이냐에 따라 구질이 달라진다. 이렇게 큰 체육관에서는 좁은 탁구장에서 칠 때보다 공기의 저항도 더 받는 데다 열여섯 대의 탁구대에서 동시에 경기가 진행되는 탓에 탁구공 소리에 집중하기도 어렵고, 공을 치는 감각도 뭉툭해진다. 그러니 집중 또 집중, 또, 또, 또, 집중해야 한다. 모든 신경을 총동원해 허민영의 손목과 라켓의 움직임을 포착한다. 역회전을 먹인 커트 서브? 아니면 커트를 넣는 척 페이크를 주면서 사실은 회전을 주지 않는 너클 서브? 높이 던진 공이 몸 가까운 방향으로 내려오는 순간, 허민영이 라켓을 쓱 돌린다. 커트다. 타닥— 탁. 강하게 역회전이 먹은 공이 내 코트의 백사이드로 짧게 들어온다. 이제 내 차례다.

허를 찌르는 리시브 한 방이 필요하다. 크게 드라이브 동작을 취하는 척하다가 휙, 반박자 빠르게 몸을 탁구대에 들이민다. 공이 정점에 올라오는 순간 라켓을 조금 내렸다가 강하게 스냅을 주며 사악— 채 올린다. 전진 회전이 먹으며 짧게 들어간 공. 드라이브를 예상하고 뒤로 물러서 기다리던 허민영 선수가 허겁지겁 앞쪽으로 뛰쳐나온다.

"차—"
기합을 넣으며 왼 주먹을 쳐들고 높이 뛰어오른다.
차악.
빳빳한 남색 재킷을 입은 심판이 절도 있는 손짓으로 점수판을 넘긴다. 21 대 6.
"정선여고의 에이스 현서현 선수, 아주 가볍게 예선 1차전 첫 세트를 따 오는데요. 대한민국 탁구의 유망주답습니다."
아나운서의 흥분한 목소리가 체육관을 쩌렁쩌렁 울린다. 오직 내 머릿속에서만.
탁— 톡, 탁톡, 타닥, 타닥— 탁, 탁— 톡—
중계진의 열띤 목소리 대신 열여섯 대의 탁구대에서 쉴 틈 없이 튕기는 경쾌한 탁구공 소리가 체육관을 가득 메운다.
"좋아!" "싸아." "아으자." "빽!"
선수들의 패기 넘치는 기합 소리가 공중을 날아다닌다.
"탁구 천재 현서현, 잘생겼다 현서현, 동방불패[1] 현서현."

---

1 홍콩 무협 판타지 영화. 1992년 3월 21일 개봉. 이 영화를 개봉할 때는 보지 못했던 서현은 주인공 임청하를 닮았다는 얘기를 듣고서야 비디오로 빌려 본 후 몰래 임청하의 몸짓을 따라 해 보기도 했다.

"우리 언니 멋져부러!"

"서현 언니야 므시따!"

그 모든 소리를 뚫고 나를 향한 응원의 목소리가 높이 솟구친다. 쑥스럽게시리.

자랑하려고 하는 말은 아니지만 사실 날 응원하고 좋아하는 팬들이 조금 있다. 아니 꽤 된다. 뭐, 꼭 내가 그런 걸 신경 쓴다는 건 아니고. 경주에 도착해 체육관에서 가까운 모텔에 짐을 풀던 어제도, 오늘 새벽 6시에 시합장 앞에서 달리기를 하며 몸을 풀 때도, 주르르 배치된 탁구대 앞에 몰려 들어가 랠리 연습을 할 때도, 나를 보고 힐긋거리며 괜히 속닥거리고 얼굴 붉히는 다른 지역 학교 선수들이 있었다는 뭐, 그런 말이다. 오늘 아침에도 어떤 선수가 대놓고 내 주머니에 캐러멜을 넣어 주었다. 음료수를 사다 주거나, 편지를 주기도 했다. 내 1호 팬이라 주장하는 포항 대선여중의 김은정 선수는 큰 사진기까지 가져와 열심히 셔터를 눌러 댔고, 내 꿈 꾸며 만들었다는 믹스테이프까지 줬다. 그러니까 만약 이번 93년도 학생종별탁구대회에 참가하기 위해 일주일간 경주에 모인 전국의 학생 탁구선수를 대상으로 〈가요톱10〉[2]식으로 인기투표를 한다면 탁구계의 '동방불패' '정선여고 임청하'라 불리는 내가 그 안에 들어갈 가능성이 있다고 해도 그렇게까지 터무니없는 일은 아니지 않을까 한다는 뭐, 그런 얘기다. 뛰어난 실력과 외모로 넥스트

2 1980~90년대에 KBS2에서 방영했던 대중음악 순위 프로그램. 서현은 주말이면 밖에서 놀다가도 집에 들어가 이 프로그램을 봤다.

현정화[3]라 칭송받는 최유미나 번지르르한 외모와 느끼한 말투에도 탁구계의 장국영[4]이라는 과분한 별명까지 얻은 전주 동성남고의 안지훈보다는 못할지 모르지만서도.

늘 이랬던 건 아니었다. 고등학교 입학식 직전, 미용실 원장님이 실수로 뒷머리부터 옆머리까지를 평소보다 훨씬 짧게 밀어 버렸다. 탁구부 규정을 따르느라 원래도 짧은 버섯 머리긴 했지만 이건 좀 심했다. 매서운 엄마의 눈초리에 원장님은 몸 둘 바를 몰라 하시며 가르마를 만들고 앞머리라도 최대한 길게 내린 후 정성스레 쉼표 모양으로 말아 주셨다. 미용실에서 돌아와 학교 가기 전까지는 내내 놀림당할 걱정뿐이었다. 그런데 웬걸? 잘생겼다는 소곤거림이 들려왔다. 편지와 선물이 들어왔다. 교실에서 은근히 먼 이곳 체육관까지 달려와 응원하는 동기, 선배들도 생겨났다. 이 기회를 빌려 상아상가 1층 '란 미용실' 원장님께 감사드린다.

어떻게 할 때 더 좋아하더라. 머리를 쓸어 올리며 아주 슬쩍, 관중석 쪽으로 고개를 돌렸다. 꺄. 팬들이 고음을 발산했다. 후훗 성공이다. 제멋대로 올라가려는 광대를 필사적으로 끌어 내렸다. 인기를 전혀 의식하지 않는 사람으로 보이는 것, 인기에 무관심한 척 행동하는 것, 그게 바로 인기 유지의 비결이라고 미용실에서 슬쩍

---

3   88 서울올림픽 탁구 복식 금메달을 딴 후 최고의 인기를 누린 탁구선수. 서현을 비롯한 정선여고 탁구부원들 모두 내심 넥스트 현정화를 꿈꿨다.
4   서현이 제일 좋아한 홍콩의 배우 겸 가수. 장국영이 찍은 광고 때문에 서현도 '투유 초콜릿'을 많이 사 먹었다.

본 어느 잡지의 상담 코너에서 읽었다. 고개를 45도 옆으로 돌린다.
고개는 그대로 둔 채 눈만 아래로 깐다. 한쪽 입꼬리를 미세하게
올린다. 거울 앞에서 몰래 연습한 '멋지게 무심한 표정'을 지으며
체육관을 둘러보았다. 옆 탁구대에선 주장인 자인 선배가 경기
중이었다. 자인 선배 경기를 지도하던 코치님은 나와 눈이 마주치자
엄지를 들어 보였다. 다른 학교 선수 둘이 심판에게 다음 경기
대진표가 담긴 오더 용지를 제출하기 위해 내가 있는 3번 탁구대로
다가왔다. 그때였다.

　꾸륵.
　응?
　탁— 타닥— 꾸륵. 탁탁— 타닥— 꾸르륵.

　열여섯 대의 탁구대 위 경쾌한 탁구공 소리 사이로 불쾌한
소리가 침범했다. 꾸륵. 꾸르륵. 소리의 주범은 내 배였다. 사사삭.
다급히 주변을 둘러봤다. 잔발을 움직이며 스윙을 해 보는 허민영
선수. 어서 2세트를 시작하자는 무표정한 얼굴의 심판. 아무도 못
들었구나. 휴, 다행이다.

　자, 다시 어깨를 두 번 돌리고, 잔발을 세 번 뛰고, 탁구대를 한
번 만지고. 왼손의 공을 가볍게 몸 쪽으로 올… 꾸륵. 윽. 살짝 빗맞은
공은 회전이 제대로 먹지 못하고 힘없이 상대 코트로 넘어간다.
1세트 내내 맥없이 당하기만 했던 허민영 선수지만 이런 기회를
놓치진 않는다. 빠르게 들어온 공이 탕— 경쾌한 소리를 내며
코트를 튕겨 내 라켓을 스치며 바닥에 떨어진다. 차악— 심판이 바로

허민영의 점수판을 넘긴다. 만회하면… 윽. 배 속이 뒤집어진다. 배변감이 파도처럼 밀려온다. 경기 중에 화장실로 달려간 선수도 있던가? 이러다 바지에 실수라도 하면?

"오늘 오전 경주실내체육관에서 펼쳐진 93년도 학생종별탁구대회에서 서울 정선여고의 현서현 선수가 시합 도중 바지에 **똥**을 지리는 대형 사고가 발생했습니다."

머릿속 아나운서의 목소리가 귓속에서 요동친다. 안 돼. 꾸룩. 윽. 식은땀이 난다. 복부와 괄약근에 힘을 주느라 풋워크가 둔해진다. 라켓을 쥔 손과 어깨가 굳어 간다. 초봄에 불 리가 없는 한겨울 찬 바람이 온몸을 휘감는다. 잠잠하더니 왜 하필 오늘. 무릎 바깥쪽 손가락 몇 마디 위더라. 작년 여름 배탈로 고생할 때 엄마가 어디선가 배워 온 혈자리를 슬쩍 눌러 본다. 허민영 선수의 점수가 한 점 한 점 늘어나는 사이 꾸룩 꾸룩 무심한 배는 투정을 부린다. 21점을 따는 사람이 한 세트를 이기고, 먼저 두 세트를 이기는 사람이 승리하는, 3전 2선승제로 펼쳐지는 예선전. 1세트를 21 대 6으로 가볍게 가져왔던 나는 더 가볍게 내리 두 세트를 내주고 만다.

"저쪽에, 내가 전번에 캤던 그 임청하 닮은 언니야."
"아, 저 언니야 서울 정선여고 아이가?"

가장 가까운 화장실엔 선수들이 바글거렸다. 그중 몇이 나를 알아봤다. 못 들은 척 '멋지게 무심한 표정'을 지어 보였지만 입꼬리가 저절로 일그러졌다. 슬쩍 뒤를 돌아 다른 화장실을 찾았다. 관중석에서 응원하던 팬 몇몇이 걸어왔다. 빠르게 방향을 돌렸다. 배는 부글거렸다. 머릿속은 시끄러웠다. 팬들이 무슨 얘기 중이었을까. 형편없었던 내 경기력에 실망했을까. 이제 나를

두근두근 꾸룩꾸룩

싫어하면 어쩌지. 아, 그러니깐 이놈의 배는 왜. 윽. 조금만 더 버텨
줘 배야. 여기서 실수하면 넌 끝이야. 전국 중고등학교 탁구선수들이
다 모여 있다고. 체육관을 돌고 돌아 간신히 찾은 3층 끝 구석진
화장실에서 배 속을 잠재웠다. 살았다. 최악은 면했다. 아니 근데,
정말 최악을 면했나? 16강도, 32강도 아니고, 인원이 많아 몇
강이라는 이름조차 없는 예선 1라운드 탈락이라니. 최악이잖아.
돌잡이 때 라켓을 잡은 이후로 고등학교 2학년이 된 지금까지,
내 열여덟 인생에 이런 일은 처음이었다. 왜 하필 이렇게 중요한
대회에서.

"이번 경주 대회에선 각자 목에 메달 하나씩은 걸고 돌아와야
한다. 알았지?"

일주일 전, 어울리지 않는 정장에 힐까지 신고 온 코치가
말했다. 또 이사회에 불려 들어갔다 온 모양이었다. 긴 설명은 하지
않았지만 선수들은 모두 직감했다. 3일 전 유일모직에서 3학년
자인 선배와 보경 선배에게 입단 취소 통보를 해 왔다. 예산상의
이유로 신규 선수 수 제한이 생겼다나 뭐라나. 결정된 줄 알았던
진로가 '안' 결정되어 버리다니. 고3 봄이면 진로가 결정되는 게
보통인 운동선수에게 아직 3월이니 남은 대회에서 좋은 결과를
내면 될 거라고 위로해 봤자였다. 예산 감축으로 전지훈련도 못
하고 용품도 제대로 구매하지 못해 유명무실해지다가 폐지되어
버린 운동부와 갈 곳 잃은 선수들의 이야기가 〈전설의 고향〉[5] 속

5   한반도의 전설과 민간설화를 드라마화한 KBS2 프로그램. 1970~80년대에 방영. 사실
너무 무서워서 서현은 보지 않았다.

무서운 이야기처럼 둥둥 떠다녔다. 그뿐인가. 새로 부임한 이사장이 운동부가 두 개나 있을 필요가 없다고 했다더라, 최근 여러 대회에서 좋은 기록을 낸 농구부에 집중하자고 했다더라, 하는 불길한 소문이 입에서 입으로 전해져 왔다.

"기죽지 마. 유일모직이건 이사장이건, 우릴 무시한 걸 지구 끝까지 후회하게 만들어 주자."

자인 선배가 이글거리는 눈빛으로 외쳤다. 자인 선배는 중학교 때까지만 해도 재능이 없으니 그만두라는 소리를 백만 번도 넘게 들었다고 했다. 그런 말을 들을 때마다 개인 연습 시간을 늘렸다고 했다. 야유, 비난, 좌절을 연료 삼아 달려온 자인 선배는 이제는 정선여고의 든든한 주장이었다.

"뭐 해, 화이팅이 왜 이렇게 작아!"

뭐, 다른 선수들에게도 같은 수준의 정신력을 요구한다는 게 살짝 부담스럽긴 했지만.

"화이팅!"

보경 선배, 동기 윤영, 후배 희진, 그리고 나까지 우리 모두 자인 선배의 열정에 큰 소리로 호응했다. 선배들이 좋은 팀에 들어가길 바라는 마음, 탁구부가 유지되길 바라는 마음, 우리를 증명해 보이고 싶은 마음, 여러 마음들이 담긴 화이팅이었다.

대회 첫날부터, 그것도 내가, 그 화이팅을 꺾어 버리다니. 배탈 때문이라 변명하고 싶지 않았다. 핑계 대는 건 멋이 없었다. 아니 그리고 솔직히, 어떻게 설사 때문에 경기를 망쳤다고 말하냐고. 백혈병이나 폐렴 같은 영화 속 주인공이 걸릴 법한 낭만적인 병도 아니고 설사라니. 탁구 라켓을 부러뜨리겠다는 협박을 받는다

하더라도 말할 수 없지. 절대, 절대로.

"나 원래 단식은 관심 없었어. 단체전에 힘을 쏟아야지. 선배들하고 탁구부를 위해서는 그게 더 중요하잖아."

1라운드에서 떨어진 나를 걱정하는 동기 윤영에게 태연한 척 말했다. 단체전은 단식-단식-복식-단식-복식-단식-단식, 이렇게 단단복단복단단의 순서로 총 일곱 번의 경기를 해서 네 경기를 먼저 이기는 팀이 승리하는 방식으로, 한 선수가 단식과 복식 경기에 겹쳐서 출전할 수는 있어도 단식이나 복식을 두 번 뛸 수는 없다. 그러니깐 한 학교당 적어도 다섯 명의 선수가 필요하다는, 다시 말해 다섯 명이 전부인 우리 정선여고 선수들은 한 명도 빠져서는 안 된다는, 단체전에서도 배가 아프면 부원들 모두에게 큰 폐가 된다는 얘기였다.

매운 건 금지, 차가운 물도 안 돼, 밥은 꼭꼭 백 번 씹어 먹자. 조심하고 조심했다. 단체전이 열리는 저녁 시간엔 코치님이 주는 김밥 한 조각도 입에 대지 않았다. 다행히 내 배는 고요했다. 그렇게 하루 이틀이 지나 대회 4일째가 되었다. 단체전에서 좋은 결과를 내는 사이, 단식 32강에서는 보경 선배와 자인 선배가, 16강에서는 윤영이 탈락했다. 복식에선 기대했던 보경-자인 선배 조가 4강에서 떨어졌다. 이제 남은 건 모두가 출전하는 단체전과 자인 선배의 단식뿐이었다.

"개인 훈련 시간인 건 알지만 전 부원이 함께 자인이 4강전 응원 가면 어떨까."

보경 선배가 조심스레 제안했다. 조용하고 우직한 보경 선배는 선배들의 부당한 요구 앞에선 가만히 있지 않았다. 작년 여름, 이름도 말하고 싶지 않은 당시 3학년 주장이 라켓을 집어 던지며 우리에게 운동장 오십 바퀴를 돌라고 시켰을 때였다. 2학년이었던 보경 선배가 저벅저벅 걸어가 부러진 라켓을 집어 주장 새끼의 손에 쥐여 주었다. 〈천녀유혼〉[6] 속 요괴인 양 혓바닥이 튀어나오도록 소리를 지르는 못된 주장 새끼에게 보경 선배는 시합에 진 건 주장인데 왜 애꿎은 라켓과 후배들에게 분풀이냐고 묵직한 파워 드라이브를 날렸다. 1학년이었던 나와 동기들은 그때부터 보경 선배의 말은 무조건 따르겠다고 다짐했다. 뭐, 꼭 보경 선배의 제안이 아니더라도 모두가 떨어진 단식에서 홀로 남아 4강까지 버텨 준 자인 선배에게 어떻게든 힘을 보태고 싶었다.

　"저기 유일모직 아니에요?"

　희진이 작은 목소리로 물었다.

　"잘나가는 누구 보러 왔나 보지. 예산 삭감이니 뭐니 핑계 댈 땐 언제고."

　비아냥거리는 윤영의 시선을 따라 고개를 돌렸다. 응원 온 선수 가족들이나 경주 시민들 사이사이 실업팀 스카우터들의 모습이 보였다. 스카우터들의 눈은 자인 선배의 탁구대가 아닌, 역시 4강전을 치르는 다른 탁구대 앞, 몸을 푸는 한 선수에게로 향했다. 주변의 소란은 신경 쓰지 않는 차가운 얼굴. 고교 탁구계의 스타.

6　홍콩영화. 1987년 작. 장국영, 왕조현 주연의 영화. 영화 속 요괴가 사람보다 커다란 혓바닥으로 공격하는 장면이 인상적이다. 서현은 〈전설의 고향〉은 무서워서 못 보면서도 이 영화는 비디오테이프가 늘어질 때까지 봤다.

우리 학교를 버리고 간 배신자. 윽. 잠잠했던 내 배가 다시 사르르 신호를 보냈다.

"설사?"

약사 할머니가 물었다. 혹시 누가 볼까 봐 일부러 경기장에서 멀리 떨어진 약국을 찾아갔다. 문밖에서 다른 손님이 나갈 때까지 한참 기다려 아무도 없을 때 들어왔다. 계산에 없던 건 단 하나, 약사 할머니의 복청이었다. 약사 할머니의 행동은 달팽이만큼 느린데 목청은 티라노사우루스 못지않았다. 뭐, 티라노사우루스 울음소리를 들어 본 적은 없지만. 암튼, 이렇게까지 목소리가 크면 경기장까지 다 소문 퍼지는 거 아니냐고.

"얼마나 묽었노? 흐물흐물 퍼져 있었나, 찐득찐득했나, 아니면 피가 보였나?"

약사 할머니가 약서랍을 뒤적였다.

"네? 아니, 안 봤는데요."

제발 좀, 목소리 좀 낮춰 주세요.

"안 봤나? 와? 자기 거를 와 안 들여다봤노."

아. 그냥 나가 버릴까?

"처음이가?"

아니, 왜 이렇게 꼬치꼬치 물어보시지. 그냥 약이나 빨리 주시라고요.

"네? 아뇨."

마음과 달리 내 입에선 순순히 답변이 흘러나왔다.

"언제?"

"며칠 전에요."

"뭘 먹었노?"

"그냥, 김밥 같은 거요."

"같이 먹은 다른 아들은 괜찮나?"

"그런 거 같은데요."

"오늘은 뭐 먹었노?"

"별거 안 먹었어요. 그리고 계속 음식 조심했고요."

"으응? 음식하고 관계가 없다 이거재. 그라믄, **똥** 못 싼 지 오래된 거재, 맞재?"

"아뇨. 여기 대회 오기 전날에도 쌌는데요."

"니 여기 탁구 대회 온 거가? 이번 시합이 마이 중요하나?"

"네? 네."

"경기하기 전에 배가 아팠나?"

"네? 아뇨. 그렇지는… 그냥 누구 응원하던 중이었는데요."

"글나? 그 사람이 니 사촌이가?"

"네?"

"사촌이 땅 사믄 배가 아프대이."

"네?"

약사 할머니가 온 얼굴을 찌푸려 가며 웃었다. 사레가 들리신 건지 기침까지 하며 얼굴이 새빨개졌다. 뭐야, 방금 한 게 농담이었어? 저렇게 웃다가 돌아가시는 거 아냐? 어리둥절해 쳐다보는데 약사 할머니가 가루약을 건넸다. 보기만 해도 쓴맛에 얼굴이 찌푸려지는데 약사 할머니가 물 한 컵을 따랐다. 날 주나 싶었는데 자기가 꿀꺽꿀꺽 마시더니 말했다.

"잘 생각해 봐라. 혹시라도 사촌이 땅 산 일이 있는

거가. 옛말 틀린 거 하나 없대이. **똥**도 잘 들여다봐래이. 다음에도 아무 이유 없이 배가 싸하게 아파 오면 길게 숨을 들이쉬었다 뱉어 봐래이. 흐으으읍— 후우우우— 이래. 알았제?"

배 아프다니깐 웬 호흡? 돌팔이 아냐? 아니 그리고, 사촌이 땅을 사는데 왜 아파, 축하해 줘야지. 암튼 옛말은 다 틀… 어? 복통과 화장실행, 예선 1라운드 탈락의 충격으로 한편에 치워 뒀던 한순간이 재생됐다. 그때, 배가 아파 오기 직전에, 절대로 마주치고 싶지 않았던 사람을 봤다. 단식 4강전을 앞두고 모두의 시선을 받으며 몸을 풀던 고교 탁구계의 스타, 우리 학교를 버리고 간 배신자, 내가 예선 1라운드 1세트를 마치고 머리를 쓸어 올리며 관중석을 여유롭게 둘러보던 그 순간, 다음 경기를 위해 심판에게 대진표가 담긴 오더 용지를 제출하던, 서늘한 시선으로 나를 보던 선수.

*

최유미는 88 서울올림픽[7]으로 전국이 뜨거웠던 국민학교 6학년 때 우리 학교로 전학을 왔다. 여름을 강타한 이상은[8]의 〈담다디〉를 춤과 함께 불러 젖히는 나를 보며 친구들이 환호할

7 서울에서 개최되었음. 탁구가 정식종목으로 채택된 첫 번째 올림픽. 서현은 가족들과 함께 올림픽 구경을 갔다가 길을 잃을 뻔한 기억이 있다.
8 가수. 1988년 강변가요제로 데뷔해 아이돌급의 인기를 누림. 서현은 중학생 때 이상은이라는 별명을 들은 적도 있다. 사실 그때 머리 짧고 키 큰 여자애들 별명은 다 이상은이었다.

때도 최유미는 라켓을 놓지 않고 거울 앞에서 스윙 연습을 했다. 떡볶이를 먹으러 가자고 해도 말없이 고개를 저었다. 우리와 어울리지 않고 연습만 하는 최유미를, 좋은 성적을 내도 표정 변화가 없는 최유미를, 친구들은 못마땅해했다. 악바리 최유미가 아무리 노력해 봤자 타고난 재능을 가진 나를 이길 순 없을 거라고 했다. 엄마가 운영하는 탁구장에서 처음 라켓을 잡았을 때부터 나에게 탁구는 자연스러웠다. 선수 출신인 엄마 덕에 운동신경 하나만큼은 특출났다. 놀 거 다 놀면서도 대회에서 좋은 성적을 내는 탁구 천재, 탁구 영재, 북언국민학교의 에이스. 그게 바로 나, 현서현이었다.

서로 다른 중학교에 간 후에도 최유미의 이름은 심심치 않게 들려왔다. 은메달, 금메달, 주니어 국가대표 선발 가능성 같은 말들과 함께였다. 중학교 1학년 때까지만 해도 비등비등했는데, 2학년이 된 후부턴 격차가 벌어지는 게 느껴졌다. 조급해졌다. 안 그래도 천재, 영재 소리 들은 기억도 희미해져 가고 있던 터였다. 이러다 학교 에이스 자리도 뺏기는 거 아냐? 몰래 떡볶이와 순대를 먹으러 가는 대신 개인 연습을 하고 싶었다. 친구들과 뉴키즈 온 더 블록[9]의 〈스텝 바이 스텝〉을 따라 추는 대신 연습게임을 복기하고 싶었다. 애쓰는 모습을 들키고 싶지 않았다. 악바리라고 뒷말할까 봐 걱정됐다. 친구들이 등을 돌릴까 봐 불안했다. 불안을 들킬까 봐 겁이 났다.

---

9 1980년대 말에서 1990년대 초 사이에 세계적인 인기를 끌었던 미국의 보이 밴드. 친구들의 성화에 서현도 멤버 한 명을 골라 좋아하는 척했지만 실은 큰 관심은 없었다.

탁— 탁— 타닥. 익숙한 소리에 이끌려 간 지하실에서 경비 아저씨들이 탁구를 치고 계셨다. 엉망인 폼으로. 진지하게. 슬쩍 아저씨들 사이로 끼어들어 라켓을 잡았다. 오랜만에 받아 보는 감탄의 눈빛에 스리슬쩍 기분이 상쾌해졌다. 가끔 같이 쳐 드릴 테니 아무 때나 지하실 탁구대를 사용하게 해 달라고 부탁했다. 아저씨들은 어른들한테 자기들이 여기서 논다는 걸 말하지 말아 달라고 당부했다. 나는 내가 여기서 혼자 연습한다는 걸 동네 다른 친구들이나 그들의 엄마들에게 비밀로 해 달라고 요청했다. 기본기부터 다시 시작했다. 연습량에 비례해 팀에서의 활약도 커져 갔다. 혼자 특훈이라도 하는 거냐는 질문에는 휘휘 손을 저었다. 다시 천재 칭호를 획득했다. 탁구부 에이스의 자리를 지켜 냈다. 친구들은 이제 곧 주니어 국가대표가 되겠다며 부추겼다. 관심 없는 척했지만 마음속에선 가슴팍에 벌써 태극기가 붙어 있었다.

중학교 2학년 겨울방학, 주니어 국가대표 선발전에 출전했다. 하필 첫 경기 상대로 최유미를 만난 나는 18 대 21, 16 대 21, 13 대 21. 세 세트를 내리 패배했다. 내가 한 발 성장한 사이, 최유미는 세 발, 다섯 발, 아니 비행기 타고 저어어어어만큼 앞서 날아가 버렸다. 탁구대의 위쪽 오른쪽을 자유자재로 공략하는 유미의 코스 플레이는 전보다 더 예리했다. 유미의 낮은 전진 속공은 전보다 더 무섭고 날카로웠다. 군더더기 없는 포핸드, 깔끔한 쇼트, 송곳 같은 백 드라이브. 유미의 탁구는 아름다웠다. 첫 게임 완패의 잔상은 짙었다. 리그로 진행되는 선발전의 모든 경기에서 나는 단 한 세트도 따내지 못했다.

"그냥 경험해 보러 나온 건데 뭘. 코치님이 자꾸 하라 그래서 한 거지 난 원래부터 관심 없었어. 주니어 국가대표 되면 소집도 많아서 너희랑도 못 놀잖아."

응원하러 와 준 친구들에겐 별거 아닌 척 둘러댔다. 울기 싫어 기를 쓰고 눈동자를 굴렸다. 더 크게 더 많이 웃었다. 빨리 혼자 있고 싶었다. 없는 약속을 만들어 빠져나왔다. 버스에서 내려 하염없이 걸었다. 지하실로 뛰어들어 완벽히 혼자가 되고 나서야 눈물을 내보냈다. 작은 흐느낌은 큰 울음으로 번졌다. 몸 안의 물이란 물이 전부 눈과 코로 방류됐다. 지하실이 침수될 지경이었다. 약해 빠져서 쪼그려 앉아 우는 꼴이라니. 하나도 멋지지 않잖아.

벌떡 일어섰다. 라켓을 잡았다. 탁구대 앞에 섰다. 오늘의 경기를 떠올렸다. 최유미의 모습을 그려 보며 동작을 따라 해 봤다. 손목 스냅을 이용해서 푸시로 넘기고, 리시브 들어오면 바로 드라이브로 꽉. 빠른 풋워크로 움직여 다시 공을 넘기고, 넘기고. 얼마나 시간이 흘렀는지도 몰랐다. 높이 달린 작은 창문 틈으로 들어오던 흰빛이 귤 색깔로 변했다. 빗맞은 공이 벽을 때리고 바닥에 떨어졌다. 통, 통, 또르르. 문 쪽으로 가는 공을 주우려고 돌아섰다. 순간 무언가가 보였다. 최유미? 멍했다. 잠시 눈을 깜빡였다. 아무도 없었다. 헛웃음이 나왔다. 최유미가 여길 왜 와. 환상을 다 보다니. 한심하다, 현서현.

*

통, 통, 또르르. 광주 경상고 한은진 선수의 공이 아슬아슬하게 탁구대를 지나쳐 바닥에 떨어졌다. "차—!" 온 힘을 다해 외치며

두근두근 꾸룩꾸룩

왼 주먹을 번쩍 치켜들었다. 차악. 정선여고의 점수판 숫자가 21이
되었다. 단체전 4강 진출이 확정되는 순간이었다. 우와아아! 부원들
모두 함성을 지르며 뛰어올랐다. 올림픽 금메달을 땄다 해도 이만큼
기쁘진 않을 것만 같은 기분. 뭐, 그건 따 봐야 알겠지만. 모두 함께
응원하러 갔던 단식 4강전에서 자인 선배가 떨어지면서 우리가 믿을
건 달랑 단체전 하나였다. 단체전마저 메달권에 들지 못하면 우리
탁구부는…. 머리를 흔들어 불길함을 털어 냈다. 그렇게 시작된 8강
경기였다. 다행히 1주자였던 보경 선배와 2주자였던 윤영이 연달아
단식경기를, 3주자였던 자인-보경 조가 복식경기를 이겼다. 그리고,
마지막으로 4주자였던 나까지 한은진 선수와의 경기에서 이기면서
게임 스코어 4 대 0, 완벽한 스코어로 4강 진출을 확정 지었다.

　"마냥 좋아할 때가 아니야."

　코치님이 엄하게 말했다. 치, 방금까지 자기도 '마냥 좋아해'
놓고서는. 풉, 웃음이 새어 나왔다. 흐흠, 코치님이 괜히 목청을
가다듬더니 다음 상대가 정해졌다며 옆 탁구대를 가리켰다.
옆 탁구대에서 담담하게 서로의 손뼉을 치며 8강전 승리를
자축하는 청남여고 선수들이 보였다. 50년 전통의 탁구 명문. 작년
학생종별탁구대회와 전국체전을 싹쓸이한 우승팀. 하필 우리와
같은 지역이라 매번 전국체전 출전권을 앗아가 버린 얄미운 학교.
그리고, 배신자 최유미가 있는 학교.

　단체전 4강전이 시작됐다. 첫 단식, 첫 순서가 나였다.
관중석에선 내 1호 팬 은정을 비롯해 타 학교 팬들이 큰 소리로 내
이름을 연호했다. 웬일로 이곳 경주까지 단체 관람을 온 정선여고
선후배와 선생님에 이사장까지 응원복을 맞춰 입고 환호했다.

각종 실업팀 스카우터들이 심각한 얼굴로 점수판을 꺼내 들었다.
고개를 45도 옆으로 돌린다. 고개는 그대로 둔 채 눈만 아래로
간다. 한쪽 입꼬리를 미세하게 올린다. 백 번 정도 연습한 '멋지게
무심한 표정'을 지으려는데, 끼이익 요란한 소리를 내며 문이
열렸다. 찬란한 빛이 체육관에 쏟아졌다. 빛 사이로 뚜벅뚜벅 유미가
걸어왔다. 나만을 뚫어져라 바라보며. 유미의 눈에서 뿜어져 나온
레이저가 내 배를 관통했다. 사르르 배가 차가워졌다. 한 손으로
허벅지의 혈자리를 누르고, 다른 한 손엔 라켓을 쥐고, 탁구대 앞
지면에 발을 밀착시켰다. 으윽. 꾸르륵. 꾸룩꾸룩. 체육관의 모두가
나를 보며 깔깔거렸다. 어느새 나는 투명 변기 위에 앉혀졌다. 변기
안은 내가 싼 똥으로 찰랑거렸다. 흐물흐물하고, 찐득찐득한 똥.
질식할 정도로 지독한 냄새에 경기장이 곪아 갔다.

"이 **또옹**쟁이!"

누군가 소리를 질렀다.

"**똥**방불패 현청하!"

"**똥**방완패 현서현."

깔깔깔깔. 키득키득. 푸하하하. 코를 틀어막은 사람들의 웃음이
나를 짓눌렀다. 히히히히. 유미의 비웃음이 내 귓속을 꿰뚫고
들어왔다.

"으아아아아아악."

내 소리에 내가 놀라 눈을 떴다. 바지와 침대를 더듬었다.
드르렁. 룸메이트 윤영의 코 고는 소리가 반가웠다.

잠을 잔 기억이 없는데 아침이 들이닥쳤다. 썩은 눈빛을 숨기며

인사하고 보니 코치님부터 선배들, 청남여고와 싸워 본 경험이
없는 1학년 희진까지 모두의 눈에 핏줄이 서 있었다. 지난 대회 때
코치님에게 혼나던 중에도 잠들어서 '정선여고 숙면왕'의 자리를
차지한 윤영만이 뽀송했다.

"진짜 대단하다. 역시 숙면왕답다."

숙소 근처에서 가장 맛있다는 24시간 국밥집으로 향하며 자인
선배가 윤영을 놀렸다.

"저도 긴장돼서 못 잤어요."

윤영이 발끈했다.

"코 골던데?"

내가 자인 선배 편을 들었다.

"야! 내가 언제."

윤영이 장난스럽게 손을 들었다. 나는 윤영을 놀리며 요리조리
몸을 피했다. 모두가 좋아하자 신나서 더 과장되게 윤영을 놀렸다.
반응을 살피러 고개를 돌렸을 때, 모두의 표정이 얼어 있었다. 그들의
시선 끝, 국밥집에서 나오는 청남여고 선수들 사이, 최유미가 있었다.
꾸륵. 여지없이 배가 신호를 보냈다. 제발 배야 정신 차리자. 최유미를
보기만 해도 이럴 거야? 꾸륵. 옛날엔 안 그랬잖아. 꾸륵. 꾸르륵.

*

90년도 주니어 국가대표 선발전에서 나를 짓밟아 버린 후 남은
모든 경기에서도 손쉽게 승리한 최유미는 곧 '주니어' 자를 떼고
성인 국가대표팀의 상비군이 되었다. 최연소 국가대표 상비군.
넥스트 현정화. 한국 탁구의 미래. 탁구하는 친구들 사이에서만

들려오던 유미의 소식은 이제 스포츠지 단신 기사를 통해서도 전해졌다. 나는 다음 해 주니어 국가대표 선발전을 외면했다.

88년도 올림픽에서 현정화-양영자 복식조가 탁구 여자 복식 첫 금메달을 따 탁구가 국민 스포츠가 되자 학교마다 너도나도 탁구부를 만들었다. 정선여고 탁구부도 그중 하나였다. 대대로 이어져 내려온 전통 따위도 없었고 주목할 만한 성적을 낸 적도 없었다. 그 점이 나는 마음에 들었다. 지나치게 거대한 목표와 기대 때문에 좌절하고 싶지 않았다. 그 누구도 실망시키기 싫었다. 강압적이었던 중학교 때 코치와 달리 정선여고 박난순 코치님은 우리를 자유롭게 풀어 줬다. 3학년 선배들은 위계질서를 강요했지만, 2학년 선배들은 우리를 귀여워했다. 동기인 윤영과도 쉽게 친해졌다. 방학 사이 키도 훌쩍 크고, 머리 스타일도 바뀐 나를 반짝이는 눈으로 바라보는 팬들도 생겼다. 그걸로 충분했다. 국가대표씩이나 돼 놓고 보잘것없는 신생 학교에 온 최유미만 눈앞에 얼쩡거리지 않았다면 말이다. 저 스타 선수가 뭐 하러 여기에 온 거지? 학교는 술렁였다. 선수들은 모두 의아해했지만 코치님은 물론 교장선생님까지 나서서 기뻐했다. 이사장은 앞으로 탁구부에 전폭적인 지원을 하겠다고까지 선언했다. 나는, 반갑지 않았다.

"개인 연습 같이할래?"
일주일 정도 지난 어느 날 최유미가 내게 말했다. 팀 훈련을 마치고 집에 가려던 중이었다. 얼결에 그러자고 대답했다. 뭐, 이 기회에 어떻게 연습하는지 알고 싶기도 했다. 포핸드, 백핸드, 커트로 이어지는 랠리를 주고받고, 서브-커트-드라이브 공격

패턴의 시스템 훈련을 하는 내내, 연습이 끝나고 공 정리를 할 때까지도 최유미는 말이 없었다. 어색했다. 나는 아무 노래나 흥얼거려 침묵을 채웠다. 정리를 마치고, 체육관 불을 끄고, 문을 잠그는 내내 최유미는 입을 열지 않았다. 설마, 체육관에서 교문까지 계속 이런 상태로 가야 한다고? 나라도 말하자. 뭐라도.

"집, 어느 쪽이야?"

억지로 끌어낸 질문이 고작 이딴 거였다.

"길 건너에서 버스. 너도지?"

같은 방향이었구나. 국민학교 땐 아니었던 거 같은데, 이사 온 건가. 근데 내가 어디 사는지 어떻게 알았지? 그나저나 버스 정류장까지는 또 무슨 대화를 해야 하나. 연습 방법을 물어볼까. 아니 방금 같이 연습해 놓고 무슨. 국가대표 상비군 생활이나 물어볼까. 아니야 괜히 기분만 상해. 중학교 때 잘 지냈는지 물어볼까. 아니, 잘 지냈겠지 뭐. 승승장구한 거 나도 알잖아. 그랬다가 괜히 내가 완패한 얘기라도 나오면. 에이, 뭐 꼭 대화를 해야 하나. 조용히 걷자. 편한 척하자. 난 지금 편하다, 너무 편하다, 편해 죽겠….

"나도 그 노래 좋아해."

최유미가 침묵을 깼다. 아, 그렇지. 그냥 노래 얘기나 해도 되는 건데.

"아까 흥얼거린 거. 강수지의 〈시간 속의 향기〉 맞지? 강수지 이번 앨범 들어 봤어? 나는 사실 〈보라빛 향기〉[10] 때는 별로 안

---

10 1990년 발매된 강수지의 1집 타이틀곡. 상큼한 분위기의 노래와 율동 같은 안무가 인상적이다. 서현이는 사실 〈보라빛 향기〉 때부터 강수지를 좋아했다. 하지만 여자아이들 대부분이 강수지를 좋아하지 않는 분위기여서 아무에게도 말하지 않았다.

좋아했는데 이번 앨범은 정말 좋아. 〈흩어진 나날들〉이나 〈하고
싶은 이야기〉, 아 그리고 〈기억뿐인걸〉도 좋다."

두 마디 이상 이어서 말하는 최유미도, 탁구 외의 주제로
이야기하는 최유미도, 반짝거리는 눈으로 미소를 한가득 지으며
이야기하는 최유미도, 이토록 신이 난 최유미도 전부 다 처음이었다.

"아, 미안. 내가 너무 내 말만 했지."

"아니야. 재밌어. 근데 나 처음 봐."

"뭘?"

불쑥 말해 놓고 나니 어쩐지 민망해졌다.

"아. 아니, 강수지 좋아하는 여자애 처음 본다고."

얼결에 대충 둘러댔다. 이것도 뭐 사실이니까.

"그럴 리가. 노래가 얼마나 좋은데."

딸깍. 최유미가 재생 버튼을 눌렀다. 타르르르. 테이프가
돌아갔다.

아무도 없는 버스 정류장의 따스한 가로등 불빛 아래, 내 오른쪽
귀와 유미의 왼쪽 귀를 같은 멜로디가 채웠다. 빨리 오라고 주문을
외워도 오지 않던 버스가 오늘따라 일찍 왔다. 평소라면 멀리뛰기,
높이뛰기, 뒤로 뛰기, 각종 뛰기를 다 해서 버스에 올랐을 난데….

"다음 버스 탈래. 이 노래는 다 들어야지."

내가 말했다. 유미의 입가에 미소가 살짝 스쳤다. 같이 있다면
슬픔은 없을 거라 말하는 강수지의 청량한 목소리와 유미의 미소가
잘 어울렸다. 내 입꼬리도 슬그머니 올라갔다.

"언니야, 어디 아파요?"

청남여고와의 단체전 시작 직전, 이번엔 절대 배탈이 나지 않겠다고 다짐하며 남몰래 복도 한구석에서 가루약을 입에 털어 넣는데 걱정 가득한 목소리가 들려왔다. 1호 팬 은정이였다. 얘는 어디서 나타난 거야. 쓴 약 먹느라 오만상 찌푸렸는데 그걸 봤을까. 이러다 1호 팬 잃는 거 아니야? 나는 얼른 잔뜩 찡그렸던 얼굴을 펴고, 고개를 45도 옆으로 돌렸다. 고개는 그대로 둔 채 눈만 아래로 깔고, 한쪽 입꼬리를 미세하게 올리고, 목소리를 낮게 깔았다.

"별거 아니―"

대답하는 내 목소리는 더 굵고 큰 다른 목소리에 가려졌다.

"허이고, 얼매 맨이여?"

재수 없게 능글맞은 목소리, 맥없이 허여멀건 얼굴, 느끼하고 지 잘생긴 줄 아는 녀석, 중고등학교 탁구계의 인기인, 안지훈이었다. 내 1호 팬이라고 주장하던 은정마저 안지훈을 보더니 눈에 초롱불이 켜졌다. 뭐야 쟨. 언젠 나 좋다더니.

"남자 시합 아직 아니잖아. 일찍 왔네."

퉁명스러운 말투가 튀어나왔다.

"아 긍가, 느그 학교랑 청남여고랑 하던가? 어쩐대. 난 최유미 응원해얀디."

경기장 문을 활짝 연 안지훈은 최유미를 향해 성큼성큼 걸어갔다. 위풍당당하기 그지없구나. 그지같이. 가라앉았던 배 속이 부글부글 끓어올랐다. 가루약의 쓴맛이 목을 타고 넘어왔다. 돌이켜 보면 최유미와 내가 이렇게 멀어져 버린 시작점에 저 녀석이 있었다.

*

"너희 엄마 탁구장 하신다며? 네 이름 따서 서.현. 탁구장?"

작년 1학기의 어느 날 윤영이 물었다.

"놀리지 마라."

나는 어금니를 꽉 물고 대답했다. 그날 정류장에서 몇 대의
버스를 보낸 후, 몇 번의 개인 연습을 더 거치며, 자연스럽게 유미와
함께하는 시간도 많아졌다. 나는 유미가 강수지의 2집 앨범 외에도
댄스로 더 유명한 김완선[11]의 발라드곡을 좋아하며, 박성신의 〈한
번만 더〉[12]와 전유나의 〈너를 사랑하고도〉[13]는 백 번도 넘게 들어
테이프가 늘어졌으며, 이상은이 모든 인기를 뒤로하고 뉴욕으로
유학 간 게 너무 멋져서 자신도 언젠가 유학을 가리라 결심했다는
것, 부모님이 엄격하셔서 텔레비전을 일주일에 딱 한 편만 골라서
보게 한다는 것, 그래서 온 국민이 봤다는 〈여명의 눈동자〉[14]도 못
봤다는 것, 양파링과 펀치바와 짜장면을 좋아한다는 것, 국민학교
때 코치가 짜장면을 사 준다는 말에 넘어가 탁구를 시작했다는
것과 딸이 운동선수가 되는 걸 반대한 아빠 때문에 한동안 몰래
훈련했다는 것 등을 알게 되었다. 그토록 많은 대화를 하는 내내
내 이름을 딴 탁구장이 있다는 말만은 숨겨 왔는데, 고윤영 얘는

---

11 가수. 1980년대 후반에 댄스 가수로 최고의 인기를 누림. 보경 선배가 제일 좋아하는 가수.

12 박성신의 대표곡. 박난순 코치의 애창곡.

13 전유나의 1990년도 히트곡. 유미는 언젠가 누가 시키면 부르려고 가사도 외워 가며
연습했지만 아직 그럴 기회가 없었다.

14 드라마. 1991년 10월부터 1992년 2월까지 방영. 평균 시청률 44.3퍼센트 기록. 서현은
온 가족이 함께 모여 이 드라마를 봤다가 키스신이 나와서 서로 어색해진 적이 있다.

어디서 이런 얘길 듣고 온 걸까. 엄마는 왜 자기 탁구장에 내 이름을 붙여가지고. 아, 창피해.

"왜? 난 멋있는데. 탁구선수가 자기 이름을 건 탁구장 있는 거 멋지지 않아?"

유미가 말했다. 아, 그런가? 하긴, 내가 탁구선순데, 내 이름을 딴 탁구장이 있는 게 뭐가 창피해? '서현 탁구장'. 서.현. 탁구장. 그러고 보니 좀 멋지네. 엄마, 감사합니다.

엄마의 입꼬리가 이마까지 올라갔다. 저러다 얼굴 전체가 입이 될까 봐 겁이 날 정도였다. 하긴, 고등학교 입학 후 처음 데려간 친구가 국대, 그것도 넥스트 현정화라니. 엄마가 좋아할 만했다. 뭐, 나도 좋았다. 학교 체육복이 아닌 새파란 티셔츠에 흰색 무늬가 들어간 유미의 모습에 내 기분도 싱그러워졌다. 학교 체육관이나 경기장, 하굣길과 버스 정류장이 아닌 곳에서 유미를 만나니 새로웠다. 그래 봤자 탁구장이었지만.

"역시 선수들은 랠리부터 다르네."

"쟤는 국가대표 선수라며?"

회원 아줌마, 아저씨들은 호기심 가득한 눈으로 우리 테이블 옆에 서서 구경했다. 다행히 유미도 탁구장 회원 아줌마, 아저씨들과 서슴없이 대화하며 어울렸다. 우리는 평소보다 더 가벼운 발놀림으로 공을 넘겼고, 장난스레 다른 선수들 폼도 흉내 냈다.

"빵 왔어요. 빵."

"어머 오늘은 무슨 빵이야?"

"맨날 이렇게 얻어먹어서 어떡해."

오랜 회원인 빵집 사장 아줌마가 도착하자 회원 아줌마,

아저씨들이 탁구 라켓을 내팽개치고 모두 빵을 향해 달려갔다. 그 모습이 재밌었는지 유미가 풉 하고 웃었다. 유미의 웃음에 전염되어 나도 함께 웃었다. 한 회원 아줌마가 입안에 빵을 문 채 다가오더니 나와 유미의 입에도 빵을 하나씩 집어넣어 줬다. 얼결에 입안에 빵을 가득 문 유미의 눈이 커다래졌다. 평소엔 순정 만화 그림체인 유미의 명랑 만화 같은 모습에 나도 모르게 웃음이 삐져나왔다. 그날 이후 매주 일요일마다 유미와 나는 함께 '서현 탁구장'에 갔다. 근처에서 떡볶이도 먹고, 음반 가게에서 시간도 보내고, 영화관도 같이 가고. 그렇게 누구보다 친한 사이로 2학년을 보내고, 또 3학년이 되고, 사이 좋게 실업팀에 가는 건 당연해 보였다.

그 무렵, 그러니깐 내가 머리를 자르고 인기가 급상승하던 무렵, 유미를 향한 남자 선수들의 관심과 구애도 늘어 갔다. 학교 앞에서 기웃거리는 남학생들이 생겼고, 대회 기간 중 유미에게 쪽지를 전달하려는 남자 선수들도 부쩍 많아졌다. 여자애들한테는 나한테 줄 선물을, 남자애들한테는 유미한테 줄 편지를 받아서 전달하던 윤영은 자기가 무슨 전서구냐며 툴툴거렸다. 윤영에게 비둘기 노릇을 부탁한 녀석들 중엔 안지훈도 있었다. 주니어 국가대표이자 학생 탁구계 최고 인기남인 안지훈이 최연소 국가대표 상비군인 고교 스타 최유미의 숙소 문고리에 간식거리와 쪽지를 걸어 놓은 일은 92년도 학생종별탁구대회 최고의 뉴스가 되어 〈연예가중계〉[15]

---

15 1984년 KBS2에서 방영한 연예 정보 TV 프로그램. 윤영은 이 프로그램을 빼놓지 않고 본 후 안 본 부원들에게 요약 정리까지 해 주곤 했다.

속 가십보다 빠르게 퍼져 나갔다.

여느 일요일과 다를 바 없이 유미와 함께 탁구장 문을 열고
들어갔을 때였다. 신이 난 회원 아줌마, 아저씨들이 한 탁구대 앞에
몰려 있었다. 안지훈은 유미를 보자마자 얼굴이 시뻘게져서는
괜히 더 큰 동작으로 스트로크를 했다. 저러면 멋있을 줄 아나.
유치하게시리.

"어머, 우리 유미 선수 보고 싶어서 전주에서 여기까지 온 거야?"

"지훈 군도 국가대표라며?"

"어머, 그럼 우리 탁구장에서 국가대표 커플 나오는 건가?"

회원 아줌마, 아저씨들은 유미와 안지훈을 이어 주려 했다.
쟤는 뭐 하러 이 멀리까지 와가지고 아니 그리고 솔직히, 안지훈은
청소년들 사이에서 뽑는 주.니.어. 국가대표고 유미는 진짜 어른
선수들하고 같이 훈련하는 국가대표 상비군인데 둘이 어떻게 같아?
하긴 뭐, 나는 주니어도 상비군도 아무것도 아니지만.

"우리 서현 학생도 내년엔 국가대표 해야지?"

"그럼 충분하지. 우리 서현 탁구장의 자랑인데."

"전 국가대표보다 탁구장 관장이 더 되고 싶은데요."

나를 띄워 주려는 회원 아줌마, 아저씨들에게 나는 일부러
더 장난스럽게 대답했다. 미래의 관장 예행연습이라고 농담하며
안지훈과 친구들을 챙겨 줬다. 유미와 안지훈이 함께 탁구를 치도록
자리도 만들어 줬다. 나도 안지훈 친구와 랠리를 했다. 지루했다.
빵은 텁텁했다.

떠오르는 스타 최진실[16]이 맡은 하경과 청춘스타 최수종[17]이
맡은 영호의 우정과 사랑을 담은 드라마 〈질투〉는 우리 부원들의
주요 대화 소재였다. 벌써 몇 주째 방송 다음 날이면 하경의
마음을 몰라주는 영호를 원망하는 성토대회가 벌어졌다. 유미가
사실 〈질투〉를 한 번도 본 적 없다고 하자 윤영은 야단을 피웠다.
이런 훌륭한 드라마를 보지 못하는 정선여고 학생이 있다니 우리
학교 설립자 김루디아 동상이 눈 번쩍 뜨고 체육관으로 뛰쳐나올
일이라며 자신이 선봉장이 되어 '최유미 〈질투〉 시청 작전'을
진두지휘하겠다고 했다.

"얘들아, 언니들."

며칠 후 쉬는 시간, 신이 난 윤영이 비밀스럽게 말했다.

"방법을 찾았어요."

본관 2층 교무실 앞 여교사 휴게실. 윤영은 그곳에 텔레비전이
있다고 했다. 유미 혼자 보낼 순 없으니 의리로라도 모두 함께 가서
봐 줘야 한다고 주장했다. 다 같이 몰래 금지된 곳에 들어간다는
상상만으로도 다들 유미의 의사는 묻지도 않고 들떠 버렸다. 3학년
선배들이 언제나처럼 청소를 내팽개치고 떠나기만을 기다렸다.
어느 때보다 빠르게 청소를 마치고 본관 2층의 어두운 복도를
살금살금 걸었다. 유미도 까치발을 들고, 숨소리까지 조심하며
쫓아왔다. 국민학교 땐 떡볶이 먹으러도 안 가고, 쉬는 시간에조차

---

16 배우. 1988년 광고로 데뷔. 영화와 TV를 가리지 않고 활동한 1990년대를 대표하는 스타. 자인 선배는 〈질투〉 이후 최진실의 팬이 되어 모든 작품을 다 찾아 봤다.

17 배우. 1987년 드라마 〈사랑이 꽃피는 나무〉로 데뷔. 희진은 최수종을 좋아해서 나중에 최수종과 하희라가 결혼했을 때 눈물을 흘렸다. 한편, 유미는 한때 최진실과 최수종이 남매인 줄 알았다.

훈련하던 유미에게 이런 의외의 모습이 있다니, 깜짝했다.

휴게실 문은 잠겨 있었다. 윤영은 당황하지 않고 창문을 열었다. 내 등을 밟고 오른 윤영이 날렵하게 창문을 타고 넘어 휴게실 안으로 들어갔다. 탈칵. 윤영이 문을 열어 주었다. 온갖 장애물을 뚫고 성배를 찾은 '인디아나 존스'[18]보다 가슴이 더 벅차올랐다. 차아— 승리의 기합이라도 지르고 싶은 걸 꽉꽉 눌러 내렸다. 소리만 안 내면 되는데 숨까지 참고서 우리는 서로 눈이 마주치기만 해도 키득거렸다. 어두운 휴게실, 텔레비전의 불빛 앞에 다닥다닥 붙어 앉았다. 혹시나 들킬까 봐 볼륨은 최소로 낮췄다. 모두들 화면 속 하경과 영호에게 집중했다. 유미도 어느새 화면에 빨려 들어갔다. 집중하느라 자기도 모르게 앙다문 입술이 하경과 영호의 이야기보다 더 흥미로웠다.

"쉿!"

윤영이 빠르게 손을 뻗어 볼륨을 죽였다. 저벅저벅. 짤그락짤그락. 어둠 속의 복도에서 소리가 들려왔다.

저벅저벅. 짤그락짤그락. 발소리. 열쇠 소리. 마음 내키는 대로 교문을 닫아 버리고, 교장에게도 소리를 지른다는 학교의 실세, 수위 아저씨였다. 1, 2학년 탁구부 전체가 여교사 휴게실에서 드라마를 보다가 걸린다면? 모험의 기쁨은 쓸려 나가고 후폭풍의 두려움이 밀려들어 왔다. 수위 아저씨의 발소리가 점점 더

---

18 1980년대에 전 세계적으로 인기가 높았던 액션 어드벤처 영화 시리즈의 주인공. 서현은 '인디아나 존스'가 되고 싶어 엄마에게 영화 속 주인공이 하고 다니는 중절모와 채찍을 생일 선물로 사 달라고 한 적이 있다.

가까워졌다. 저벅저벅. 짤그락짤그락. 자인 선배가 보경 선배를, 보경 선배가 윤영을, 윤영이 나를, 내가 유미를 꼭 잡았다. 유미도 내 손을 꽉 잡았다. 사르르. 배가 차가워졌다. 두근. 두근두근. 두근두근두근두근. 심장박동이 빨라졌다. 저벅저벅. 짤그락짤그락. 수위 아저씨의 발소리가 더욱 가까워졌다. 고요한 긴장감이 휴게실을 짓눌렀다. 모두가 꽉 잡은 서로의 손에 의지한 채 숨도 쉬지 못했다. 나는 수위 아저씨보다 내 배가 더 불안했다. 손에는 땀이 나고 어깨는 움츠러들었다. 저벅저벅. 두근두근. 짤그락짤그락. 꾸륵꾸륵. 부원들의 표정을 살폈다. 다행히 다들 바깥의 소리에만 집중하고 있었다. 수위 아저씨의 발소리가 점차 멀어지더니 사라졌다. 저벅 짤그락 소리는 더 이상 들리지 않았지만 내 심장과 배에서는 두근 꾸륵 소리가 멈추지 않았다. 유미도 긴장을 풀지 못했는지 내 손을 놓지 않았다.

"어, 영호도 질투한다."

"영호도 고생 좀 해야 해."

"잠깐 조용히 좀 해 봐. 대사 안 들리잖아."

모두 다시 드라마에 몰입했다. 나는 그럴 수 없었다. 드라마 속 인물들의 얼굴에 나와 유미, 안지훈의 모습이 겹쳤다. 하경이 영호의 팔짱을 끼고 머리를 기대는 모습에, 영호가 하경의 볼을 잡고 뽀뽀하며 장난을 치는 장면에, 유미와 안지훈의 얼굴이 겹쳤다. 밀어내면 밀어낼수록, 브라운관 안에, 천장 벽지 위에, 탁구대 위에, 유미와 안지훈의 다정한 모습이 생생하게 나타났다. 영호와 영애의 다정한 순간을 보며 심통 부리는 하경, 하경과 상훈의 데이트를 보며 질투하는 영호, 그리고 안지훈과 유미가 옆에 섰을 때 심통 부리던 나. 설마, 질투하나. 유미와 안지훈을. 그럼 설마 내가… 안지훈을?

두근두근 꾸륵꾸륵

안지훈은 주말마다 당당하게 우리 탁구장을 찾았다. 나는
자리를 피했다. 탁구장에 안 가기 시작했다. 내가 안지훈을
좋아해서, 안지훈이 유미를 좋아해서, 그래서 내가 유미 앞에서
어색해지는 게 싫었다. 내가 싫었다.

*

"미안하다."

청남여고와의 단체전 4강전. 가장 부담감이 큰 첫 단식 주자로
나섰던 자인 선배가 세트 스코어 3 대 1로 지고 돌아오며 말했다.

"걱정 마."

믿음직스럽게 대답한 보경 선배마저도 기세 좋게 1세트와
2세트를 연달아 이기더니 순식간에 3, 4, 5세트를 빼앗겼다.
단체전의 총 일곱 경기 중 두 경기를 따낸 청남여고 선수들이
환호성을 질렀다. 최유미도 그중 하나였다. 꾸룩, 다시 배가 아파
오려는 순간 코치님이 희진과 나를 불렀다.

"너희만 믿는다."

화장실에 다녀올 시간이 없었다. 허벅지의 혈자리를 꾹 누르며
벌떡 일어섰다. 탁구대 앞에 희진과 대각선으로 섰다. 똑같은 짧은
단발 커트 머리의 쌍둥이 복식조 선수인 한진과 한선이 작전을
주고받았다.

타닥— 딱.

빠르게 치고 나가며 역회전을 먹인 리시브가 제대로 먹힌다.
1점.

"좋아!"

"차ㅡ!"

　선점을 따낸 나와 희진이 서로를 보며 포효한다. 풋워크로 리듬을 타며 공격과 수비, 수비와 공격을 오간다. 2점, 3점, 4점. 포인트를 차근차근 쌓아 올린다. 4 대 1. 쇼트 단발 쌍둥이도 질세라 따라붙는다. 4 대 3. 동점을 허락해선 안 된다. 한 점 더 먼저 도망가야 한다. 내가 몸을 크게 틀어 상대의 백사이드 코너를 향해 예리한 직선 공격을 넣는다. 차ㅡ! 다시 우리의 포인트. 5 대 3. 자신감이 붙는다. 작은 틈도 놓치지 않는다. 흐름을 탔을 때 잡아야 한다. 스매싱, 스매싱, 더 세게 스매싱. 21 대 10.

　바라고 바랐던 좋은 스코어에 코치님이 두 주먹을 번쩍 치켜든다. 나와 희진이 힘차게 손을 맞부딪친다. 관중석의 부원들과 팬들도 모두 함성을 지른다. 그 함성을 굵고 큰 목소리가 덮어 버린다.

　"청남여고 화이팅!"

　저 능글맞은 안지훈 자식, 지가 청남여고 응원단장이야 뭐야. 국가대표 상비군하고 주니어 국가대표팀이 함께 합숙 훈련을 했다더니 그새 더 친해졌나. 소문대로 진짜 둘이 사귀나. 윽. 다시 배가 쓰려 온다. 제발, 배야. 제발 나 좀 봐줘. 희진의 눈동자가 불안하게 흔들린다. 멋진 선배라면 이래선 안 돼. 배로 향했던 정신을 잡아당겨 최대한 믿음직스러운 미소를 만들어 보인다.

　2세트 시작. 쇼트 단발 쌍둥이는 1세트와는 전혀 다른 움직임을 보인다. 변신이라도 하고 나타난 건가. 서로가 빠른 공격을 쉴 새

없이 주고받으며 어느새 포인트는 18 대 18. 단 3점이 남았다. 그 3점을 청남여고에 내준다면 우리는 이대로 이룬 것 없이 서울로 돌아가야 한다. 희진의 서브 순서. 라켓을 든 희진의 손이 살짝 떨리는 게 보인다. 이대로는 불안하다. 손을 들어 심판에게 신호를 보낸다. 신발 끈을 묶는 척하며 시간을 번 후 희진에게 다가가 손을 꽉 잡는다. 희진이 길게 숨을 내뱉는다.

"이얍!"

타닥. 탁. 타아—

강하게 회전이 먹은 희진의 서브를 쌍둥이가 가까스로 받아 낸다. 공이 내 반대편 깊숙이 날아온다. 빠르게 몸을 날려 본다. 타악— 슬라이드 하며 공을 올려 친다. 라켓에 닿은 공이 날아오른다. 부웅. 높이 뜬 공에 모두의 시선이 집중된다. 탕— 내가 쳐 낸 공이 상대의 백사이드에 정확히 꽂힌다. 쌍둥이 하나가 온몸을 비틀어 라켓을 휘두른다.

"싸—!"

몸에 지나치게 힘이 들어간 쌍둥이의 공이 우리 코트에 닿지 못하고 바닥에 떨어진다.

"차—!"

기합과 함께 주먹을 높이 쳐들며 뛰어오르려는데, 앗, 이번엔 진짜로 바지에 실수할지도 모른다는 공포가 머리를 때린다. 빨리 끝내야만 한다. 흐으으읍 후우우우. 약사 할머니가 가르쳐 준 호흡을 떠올린다. 흐으으읍 후우우우. 깊게 숨을 들이쉬고 내뱉는다. 1세트만큼 수월하진 않았지만 21 대 18로 2세트를 따낸다. 한 세트만 더 견뎌라 배야. 3세트 따고 쭈욱쭈욱 내보내 줄게. 다시 배를 다잡았다. 꾸륵 꾸르르르륵. 희진의 시선이 나에게로 향한다. 들은 건가. 사람이 창피하면 죽을 수도 있는 걸까.

　"언니, 괜찮아요?"

　3세트 시작 후 서브 작전을 짜는데 희진이 묻는다.

　"물론이지."

　여유로운 척 윙크했지만 목덜미엔 식은땀이 송골송골 맺혀 있다. 공이 라켓 위에서 미끄럼틀을 타며 좋은 기회를 놓친다. 예선전 1라운드의 악몽이 떠오른다. 머리부터 발끝까지 대장이 된 기분이다. 온 힘을 짜내 라켓을 휘두른다. 내 상태가 안 좋은 걸 느낀 건지 희진이 더 열심히 공격에 가담한다. 겨우겨우 점수를 쥐어짜 낸다. 20 대 18. 1점만 더 따면 게임을 끝내…. 쌍둥이가 포인트를 낸다. 20 대 19. 이제부턴 2점 차를 내야 경기를 끝낼 수 있는 듀스다. 조급한 마음은 실수를 만들어 낸다. 타악. 나의 실수로 상대에게 포인트를 준다. 20 대 20. 속공이 들어온다. 발이 느리다. 누가 내 다리에 모래주머니라도 채웠나. 설마 여기가 물속은 아니겠지? 다시 내준 포인트. 20 대 21. 1점 뒤진 상황. 포기하고 싶… 포기할 순 없다. 포기해선 안 돼. 포기하고 싶지 않다고!

　"으아차아아아아."

　점수는 다시 21 대 21. 동점. 그리고 다시 22 대 21. 1점만 더. 그러나 다시 따라 잡혀 22 대 22. 계속되는 듀스에 듀스. 결국 점수는 26 대 26까지 올라간다. 이 정도까지 듀스가 진행된 건 본 적도 들은 적도 없다. 아 진짜. 이런 기록은 세우고 싶지 않다고. 배는 폭발 직전이다. 내 숨소리가 거슬린다. 눈앞에는 변기… 웅? 변기? 변기가 저기 왜 있냐고?

두근두근 꾸룩꾸룩

"하나만 더! 집중!"

코치님의 외침에 후다닥 현실로 돌아온다. 중요한 순간, 상대 선수의 서브 범실. 방금 그 서브, 한진 선수예요, 한선 선수예요? 어찌 됐든 정말 감사합니다, 쌍둥이 선수. 이제 점수는 27 대 26. 1점만 더 따면 화장실에 갈 수 있어. 1점만 더. 제발. 배와 괄약근, 손과 다리, 장과 뇌에 남은 모든 기운을 집중력에게 몰아준다. 희진의 서브를 쌍둥이가 받아 친다. 휙휙휙휙, 공이 무섭게 회전하며 다시 한번 내 반대쪽으로 향한다. 아, 왜 하필 저렇게 멀리. 안 감사합니다, 쌍둥이 선수. 보폭을 넓게 하다 설마. 불안이 고개를 다 내밀기도 전에 쭈욱 팔이 먼저 뻗어 나간다. 팔에 끌려간 내 몸이 공을 향해 던져진다. 라켓에 가까스로 닿은 공이 튀어 오른다. 우리 코트를 지나 상대편 코트를 향해 날아가는가 하더니 턱— 네트에 걸린다.

*

"두 사람이라면 현정화-양영자의 뒤를 잇는 '환상의 복식조'가 될 수 있어. 서현이는 현씨이기도 하고."

실없는 농담을 섞었지만 코치님의 눈은 야망으로 이글거렸다. 어색해진 이때, 하필 복식조라니. 뭐, 연습하다가 전처럼 편해질 수 있다면 좋겠지만서도.

같은 코트에 나란히 대각선으로 섰다. 서브를 넣기 위해 공을 잡은 유미의 손이 보였다. 유미는 손도 예쁘구나. 저 손으로 안지훈의 손도 잡았을까? 아, 진짜 쓸데없는 망상.

"쓸데없이 힘 빼지 말고. 더 가까이 붙어 봐."

코치님이 주문했다.

"더 가까이, 더."

유미의 옷깃이 내 팔을 스쳤다. 스텝이 자꾸 엉켰다. 복식 경기를 처음 해 보는 것도 아닌데, 처음 라켓을 잡은 초짜처럼 삐그덕거렸다. 다음 서브를 넣기 직전, 유미가 내게 다가왔다. 살짝 까치발을 들고 내 귓가에 입을 가져왔다. 유미의 입과 내 귀 사이에 탁구공 하나만큼의 작은 거리만 남았다. 두근두근. 누가 내 심장으로 북이라도 치는 것 같았다. 휴게실에 수위 아저씨가 나타났을 때보다 더 더 더 큰 북소리였다. 꾸륵. 꾸르륵. 배 속이 요동쳤다. 뭐지. 왜 이러는 거야. 유미가 귓속말로 서브 구질을 말해 줬지만 들리지 않았다. 최유미-현서현 복식조는 엉망진창이었다.

코치님은 포기를 몰랐다. 새로운 훈련법을 알아 왔다. 어느 탁구 훈련 교본에도 없는 듣지도 보지도 못한 연습법이었다. 연극하는 친구한테 배워 왔다나.

"점심 먹는 내내 손잡고 있어."

"다리 이리 줘. 이인삼각으로 좀 걸어 보자."

"복식조는 오늘 하루 종일 귓속말로 대화해."

"눈을 감고, 조용히 서로의 숨소리를 느껴 봐. 자, 들이마시고, 내쉬고."

유미와 닿은 손, 팔, 다리뿐 아니라 몸속까지 간질거렸다. 땀샘으로 온천을 개장해도 될 지경이었다. 배 속에선 풍랑이 일었다. 얼굴도 모르는 코치님의 친구가 너무너무 원망스러웠다. 쉬는 시간을 이용해 체육관을 빠져나왔다. 들어가기 싫었다. 들어갈 수 없을 것 같았다. 마구 달렸다. 도망치고 싶었다. 하지만 무엇으로부터? 나는 알지 못했다.

두근두근 꾸룩꾸룩

턱, 네트에 걸린 공이 빙그르르, 회전한다.

순간의 정적. 영원 같은 시간.

토통—

네트 위에서 외줄타기하듯 회전하던 공이 상대 코트에 들어간다. 예측지 못한 공의 궤도에 쌍둥이가 리듬을 뺏긴다.

우와아아아아아!

부원들이 기쁨의 괴성을 내질렀다. 28 대 26. 정선여고가 청남여고를 상대로 따낸 단체전 4강의 첫 승점이었다. 기뻐하며 달려드는 모두를 요리조리 피하며 뛰쳐나갔다. 단골이 되어 버린 3층 구석의 사람 없는 화장실로 달렸다.

시원하지 않았다. 찬물로 얼굴을 때렸다. 주먹으로 심장을 때렸다. 체육관 앞으로 뛰쳐나가 달렸다. 몇 바퀴째인지 셀 수도 없이 계속.

"야! 현서현. 거기서 뭐 해!"

윤영이 외쳤다.

"너랑 희진이 복식에서 이긴 다음에 자인-보경 선배가 복식 이겨 버리고, 나도 단식 하나 이겼지롱. 청남여고도 별거 아니더라고. 해 보니 할 만하던데? 암튼, 한 게임만 더 하면 게임 스코어 4 대 2로 결승 진출이라서, 그래서 코치님이 너를 한참 찾았어. 아무래도 희진이는 아직 1학년이고. 근데 네가 없잖아. 그래서 지금 희진이가."

체육관으로 달려가면서 윤영이 다다다다 말했다. 체육관 문을 열자 희진이 고개를 푹 숙이고 서 있었다. 게임 스코어는 3 대 3. 동률. 마지막 선수인 나에게 정선여고 탁구부의 미래가 달려 있었다.

흐으으읍 후우우우. 아주 길게, 천천히, 심호흡을 해 본다. 어깨를 두 번 돌린다. 잔발을 세 번 뛴다. 탁구대를 한 번 만진다. 탁구대 앞에 몸을 숙이고 선다. 탁구대 너머로 잔발을 뛰며 몸을 푸는 발이 보인다. 라켓을 든 손이 보인다. 날카롭게 나를 바라보는 눈이 보인다. 체육관의 조명을 받아 빛나는, 탁구대 너머에서 내 눈을 뚫어져라 쳐다보는 눈. 최유미의 눈. 피해지지 않는다. 숨이 턱 막혀 온다. 심장이 갈비뼈를 뚫고 튀어나오려 한다. 배 속의 장기들이 소용돌이친다. 관중의 응원과 코치님의 외침, 심판의 구호, 다른 탁구대의 탁구공 소리, 공간을 가득 채우던 수많은 소리들이 멀어진다. 눈앞의 최유미가 희미해진다. 흐릿해진 현재를 선명한 과거가 채운다.

*

국민학교 때부터 고등학교 때까지의 기나긴 탁구 인생에서 훈련 중 도망친 건 고1 초여름이 처음이었다. 딱히 갈 곳도 없었다. 엄마에게는 그냥 배가 아프다고 둘러댔다. 뭐, 아팠던 건 사실이니까. 걱정에 휩싸인 엄마는 나를 이 병원, 저 약국, 저 병원, 이 약국으로 데리고 다니더니 혈자리까지 알아 왔다. 너덜너덜해진 채로 집에 돌아온 어느 날, 유미가 찾아왔다.

"탁구 칠래?"

두근두근 꾸룩꾸룩

유미가 물었다. 코치님이 시켜서 온 걸까.

"싫으면 그냥 갈게."

유미가 돌아섰다.

"아, 아니. 그러자."

목소리가 갈라졌다.

지하실까지 내려가는 그 길이 개인 연습을 하던 첫날 버스 정류장으로 향하던 그때보다 훨씬 더 어색했다. 경비 아저씨들이 아닌 누군가와 이곳에 있는 건 처음이었다. 익숙한 모든 게 낯설었다. 유미는 차분하게 한쪽 구석에 모아 둔 라켓과 공을 뒤적였다. 지하실 위쪽에 달린 작은 창으로 한 줄기 햇살이 들어와 유미를 비췄다. 키에 비해 큰 손, 잔근육이 느껴지는 단단한 팔, 꼿꼿한 자세, 부드럽게 이어지는 목선, 도톰한 입술, 날카로운 콧날, 긴 속눈썹. 두근. 심장이 크게 일렁였다. 꿀꺽. 나도 모르게 침을 삼켰다. 꾸룩. 배가 소리를 냈다. 유미가 고개를 들었다. 꾸르륵. 더 크고 이상한 소리가 났다. 아 씨. 망했다. 유미가 나를 향해 다가왔다. 유미가 내 배 속의 소리를 들으면 어쩌나, 혹시 실수라도 한다면. 냄새라도 퍼진다면. 그래서 유미가 나를 싫어하게 된다면. 뭐라도 말하자. 아무 말이라도 해서 유미가 더 가까이 못 오게. 어서, 빨리.

"안지훈, 괜찮은 애 같아. 둘이 잘 어울려."

말하는 순간 배 속에서 한판 경기가 펼쳐졌다. 스매싱, 드라이브, 횡회전, 전진회전, 역회전, 배 속의 경기는 치열했다. 귓속이 윙윙거렸다. 식은땀이 났다. 안 돼. 이러다간 진짜 큰일 나겠어.

"그만 가자. 나 약속이 있는데 까먹고 있었어."

유미의 대답을 기다릴 여유가 없었다. 그대로 집으로 뛰어 올라갔다.

훈련에 복귀했을 땐, 유미는 국가대표 상비군 훈련에 소집되어 가고 없었다. 하루가 지났다. 체육관 문을 열 때면 나도 모르게 오늘은 유미가 왔을까 하고 두리번거렸다. 일주일이 지났다. 훈련 중에도 문소리만 들리면 기대감으로 고개를 돌렸다. 실망하고도 또다시 기대했다. 보름이 지났다. 버스 정류장으로 가는 길이 너무너무 멀었다. 워크맨을 꺼내 음악을 들었다. 강수지의 목소리 위로 유미의 목소리가 겹쳤다. 딸깍. 정지 버튼을 눌렀다.

"가지 마. 나 더 이상 질투하기 싫어." 화면 속 영호가 말했다.
"네 옆에, 이 서울에 있으라고?" 화면 속 하경이 물었다.
부원들은 일제히 숨을 멈췄다. 자신들이 하경이라도 된 듯 영호의 답변을 기다렸다.
"그래, 넌 내 옆에 있어야 돼." 다시 화면 속 영호가 말했다.
"영호야." 하경과 영호가 서로를 향해 달려갔다.
"사랑해"라는 하경의 외침과 함께 두 사람은 서로를 껴안았다.

꺄아. 휴게실에 있던 모두가 소리를 질렀다. 소집 훈련 중이라 유미가 없는 건 아쉽지만 〈질투〉의 마지막 화만큼은 모두 다 같이 보자며 두 번째 잠입을 감행한 부원들은, 쥐 죽은 듯이 조용히 해야 한다는 사실도 잊고 서로를 껴안으며 기뻐했다. 나는⋯.

브라운관 속 하경의 얼굴에 유미가 겹쳐 보였다. 하경을 껴안은

두근두근 꾸룩꾸룩

영호의 얼굴에 안지훈이 아닌 내 얼굴이, 현서현이 겹쳐 보였다.
카메라가 유미와 내 주변을 360도로 뱅글뱅글 돌기 시작했다. 빰—
익숙한 전주와 함께 주제가가 흘러나왔다.

　하경과 영호가 서로를 마주 봤다.

　유미와 내 얼굴이 탁구공 하나만큼 가까웠다.

　하경과 영호의 입술이 맞닿았다.

　유미와 나의….

　뭐야 현서현. 네가 좋아하는 건 안지훈이잖아. 유미와 복식조를
하다 도망쳤던 게 마음에 걸려서 그랬을 뿐이다. 그날 유미만
지하실에 두고 온 게 신경 쓰였던 것뿐이야. 요즘 유미 생각을 너무
많이 했어. 유미가 돌아오면, 그날 미안했다고 사과하면, 다 해결될
거야. 그때까지 훈련에나 집중하자. 털어 낼수록 털어 내지지
않았다. 체육관도, 버스 정류장도, 지하실 아지트도, 머릿속도, 모두
유미로 가득했다. 겁이 났다.

　1학년 여름방학이 지난 후 코치님은 유미의 전학 소식을
전했다. 아무런 말 없이 우릴 떠나 선택한 학교가 청남여고라는 걸
알게 되었을 때, 평소 조용하던 보경 선배마저 큰 소리로 욕을 했다.
전국체전 출전권을 두고 치렀던 경기에서 청남여고에게 대패한
직후였다. 최유미가 1억을 받고 대한화장품과 계약했다더라.
유일모직에서 유미 부모님에게 뉴그랜저 한 대를 뽑아 드렸다더라.
확인 안 된 소문만이 탁구대에서 탁구대를 타고 넘어왔다. 유미는
청남여고의 유니폼을 입고 전국체전에서 금메달을 땄다. 그날부터
최유미는 정선여고 탁구부의 금기어가 되었다.

나는 묘한 안도감을 느꼈다. 유미를 찾아가 전학을 간 이유를 묻는 대신, 적극적으로 피해 버렸다. 내 마음을 마주하는 대신, 필사적으로 지워 나갔다. 소화되지 않은 감정은 분노 섞인 미움으로 쌓여 갔다.

*

1년여 만에 유미와 탁구대를 사이에 두고 마주 섰던 그때, 내가 휘청하며 한 발짝 내딛더니 쿵 소리와 함께 앞으로 고꾸라졌다고 했다. 소리가 너무 커서 다른 탁구대의 선수들까지 경기를 중단할 정도였단다. 탁구대 모서리에 머리를 찧지 않은 게 다행이었다. 코치님을 비롯해 다른 부원들 모두 소스라치게 놀라 경기장으로 뛰어 들어왔고, 코치님이 나를 업고 의무실로 달려갔다고 했다. 대체 선수가 없던 우리 학교는 결국 기권패를 하고 말았다.

이마 한가운데에 붉은색과 자주색 멍 자국이 휘황찬란했다. 쉼표 모양 앞머리를 최대한 빗어 내려 멍 자국을 숨겼다. 누구도 날 알아보지 않길 바라며 고개를 푹 숙이고 교문을 통과했다. 체육관 문을 열기가 망설여졌다. 내가 얼마나 원망스러울까. 이제 나를 싫어하면 어떡하지. 그냥 이대로 뒤돌아서 집에 갈까. 기왕 쓰러진 거 아예 깨어나지 말았어야 하는 건데. 한참 문을 잡고 서 있는데 보경 선배가 다가왔다.

"안 들어가고 뭐 해."

보경 선배는 아무렇지 않게 문을 열어 주었다.

"죄송해요. 저 때문에."

"내가 미안하지. 주장이 돼서, 부원 아픈 것도 모르고."

들어가자마자 꾸벅 고개를 숙인 나에게 자인 선배가 다가와 말했다.

"선배, 미안해요. 내가 복식 때 눈치챘어야 하는데."

"그 누구지? 1호 팬 은정이도 복도에서 너 약 먹는 거 봤다고, 어디 큰 병 걸린 거 아니냐고 울고불고 난리도 아니었어. 진짜 어디 아픈 거야?"

희진도 윤영도 오히려 나를 걱정했다. 눈물이 스멀스멀 차올랐다. 다들 애쓰고 있었다. 제대로 싸워 보지 못한 허무함을, 중요한 대회에서 메달 하나 없이 돌아온 쓰림을 숨기고 있었다. 내가 무슨 자격으로 울어. 눈물이 모습을 드러낼까 봐 팬히 체육관을 둘러봤다.

"코치님은요?"

다들 답하길 망설였다.

"무슨 일인데요. 코치님한테 무슨 일 있어요?"

"오늘 무슨 징계위원회가 열린대. 코치님은 거기 가셨어."

자인 선배가 애써 담담하게 말했다.

"우리 탁구부 없어진대요."

희진이 결국 울음을 터뜨리며 말했다.

"…메달 못 따서?"

내가 물었다. 모두 다시 한번 조용해졌다.

"어, 그것도 있고…."

"그냥 훈련이나 하자."

윤영이 무슨 말을 하려는데 보경 선배가 가로막았다. 자인 선배가 어디론가 가더니 신문을 들고 왔다.

"말해 주자. 어차피 알게 될 텐데."

일간지 스포츠면의 단신 기사였다. 중간중간 섞인 한자와
살짝 고인 눈물 때문에 읽기가 쉽진 않았지만 요약하자면 이런
내용이었다.

학생 선수가 시합 중에 쓰러졌다. 제대로 된 관리 없이 승리만을
위해 몰아붙이는 엘리트 학교체육의 문제다. 책임자 징계와 구조 개선이
필요하다.

천장에도, 벽에도, 이불 속에도 후회만이 가득했다. 이번
일로 코치님이 징계를 받는다면, 탁구부가 폐지되기라도 한다면,
부원들이 갈 데가 없어진다면… 내 탓이었다. 내가 중요한 순간
쓰러졌기 때문에, 내가 내 상태를 숨겼기 때문에, 내가 유미에 대한
마음을 외면했기 때문에, 마음의 빈자리를 미움으로 겹겹이 채워
넣었기 때문에. 내 마음을 들여다봤더라면, 피하지 않았더라면,
드러내 버렸더라면.

아침이 오자마자 집 밖으로 뛰쳐나갔다. 또다시 마음이
탁구공보다 작아지기 전에 저질러야 했다. 우리 탁구부를 유미처럼
무기력하게 떠나보낼 순 없었다. 교문을 그대로 통과해 체육관이
아닌 본관으로 향했다. 여교사 휴게실을 지나 교장실 앞에 도착했다.
숨도 고를 새 없이 벌컥 문을 열었다.

"코치님 탓이 아니에요."

내 우렁찬 목소리에 교장이 놀라서 쳐다봤다.

"저희 팀, 제가 쓰러진 거 코치님 탓이 아니에요. 다른 큰 병이 있는 것도 아니고, 코치님이 무리해서 연습을 시키지도 않았어요. 그냥 제가 그날….“

기세 좋게 교장실까지 쳐들어갔지만 막상 '그 단어'를 말하려니 입이 떨어지지 않았다.

"저기, 탁구부 현서현 학생 맞지? 코치님은 그….“

말해 현서현. 말하려고 왔잖아.

"또… 똥이요. 아, 아니, 설… **설사**요!"

말하자마자 주워 담고 싶었다. 아, 그냥 화장실이 급했다고 하지 그랬어. 아니면 배탈이라는 더 귀여운 표현도 있는데. 왜 하필 설사랑 똥이냐고. 머릿속을 후회가 지배하는 사이에도 막을 수 없는 설사처럼 멈추지 않고 말이 터져 나왔다.

"어디 큰 병이 있거나 컨디션 조절을 잘못한 거 아니고요, 훈련이 많아서도 아니고요, 제가 그냥 너무 긴장해서, 청남여고를 이기고 싶어서, 그래서 배가 아파서 그런 거예요. 징계는 제가 받아야 돼요. 그러니깐 우리 코치님은… 우리 탁구부는….“

울지 마 현서현. 울먹이면 안 돼. 멋 없어. 눈물을 눌러 담느라 말이 일그러졌다.

"아무튼 안 돼요. 읍, 교장선생님. 우리 팀 살려 주세요. 으읍. 제가 더 열심히 할게요. 전국체전도 나가고 국가대표도 될게요. 화장실은 어쩔 수 없는 거잖아요. 으아아아앙. 설사 똥 때문에 탁구부를 없애는 게 어딨어요. 교장선생님, 어떻게 좀 해 주세요. 으아아아아아앙.“

배가 아니라 눈이 문제였다. 눈물이 콧물을 줄줄 끌고 나왔다. 몸에서 나오는 모든 게 통제가 안 됐다. 교장선생님도, 어느새 몰려와 구경하던 선생님들과 학생들도 당황과 황당 사이를 왔다 갔다 했다. 소식을 듣고 달려온 코치님의 손에 이끌려 나는 겨우 교장실을 빠져나왔다.

　"큰 병 있는 게 아니어서 다행이다, 이 녀석아. 나도 시합 때 긴장하면 화장실 가고 그랬어. 말을 하지 그게 뭐라고 꼭꼭 숨기고. 그러다 더 탈 나."

　코치님은 체육관에 다다라서야 참았던 웃음을 내보이며 말했다.

　"창피하잖아요."

　"경기하다 쓰러지는 거나, 교장실에서 난동 피우는 건 안 창피하고?"

　코치님이 황당해하며 웃었다. 창피하게시리.

　"이제부터 전국체전 준비하면서 연말 국가대표 선발전까지 몸만 만들면 되겠네."

　그러고 보니 내가 아까 국가대표 되겠다고 큰소리쳤지. 아 왜 그런 말까지 했어, 현서현. 근데, 연말이라니? 당장 탁구부 없어지는 거 아니었어?

　"어제 징계위원회에 가서 한마디 딱 했지. 애들 인생이 달린 문제인데 이렇게 부서를 폐지하는 게 어딨냐고. 이 동네 탁구 동호회원들 다 동원해서라도 부서 폐지는 어떻게든 막을 거라고. 너희 엄마 탁구장에 오는 회원님들도 다 힘써 주기로 약속했어. 이 코치님만 믿어."

　코치님이 큰소리쳤다. 아, 그냥 코치님과 어른들이 행동하길 기다릴 걸. 아까 학생들도 많았던 것 같은데. 아, 괜히 설사 똥은

말해서. 이렇게 똥쟁이 현서현으로 몰락하는 건가. 나는 놀림당할
준비를 잔뜩 하고 부원들 앞에 섰다.

"나는 중요한 시합 전엔 꼭 방귀가 나오더라."

가만히 나를 보던 보경 선배가 말했다.

"보경이가 신호 보내면 내가 일부러 발 굴러 주잖아. 팍,
파파팍— 이렇게 타이밍 딱 맞춰서."

이미 보경 선배의 습성을 아는 자인 선배가 웃으며 말했다.

"사실 나도 서브만 넣으려고 하면 자꾸 트림이 나와서 콜라
끊었잖아."

윤영이 슬쩍 말했다. 희진은 손이 자꾸 덜덜 떨려서 토스가
안 된다고 말했다. 자인 선배는 자기도 그럴 때 있다며 주먹을 꽉
쥐었다 폈다를 몇 번 하면 좀 낫다고 했다.

나의 설사 이야기는 빠르게 퍼져 나갔다. 체육관에 연습을
보러 오는 팬의 숫자도 확실히 줄었다. 며칠 후, 1호 팬 은정이 불쑥
체육관에 찾아왔다. 은정인 안 변했구나. 반가움을 슬쩍 감추고
'멋지게 무심한' 표정을 지어 보이는데, 은정이 매실장아찌와
매실차를 내밀었다. 편지도, 믹스 테이프도 아니고, 장에 좋은
음식이라니. 망했구나. 하긴 똥쟁이가 멋지고 무심해 봤자지. 그래,
다 집어치워 버리자.

"이제 나 안 찾을 줄 알았는데. 고맙다."

다 내려놓자 솔직한 말이 불쑥 튀어나왔다.

"무슨 소리예요. 제가 언니야 1호 팬이잖아요. 그리고 저 내년에
정선여고 입학하는 거 허락받았어요. 그러니까 계속 건강하게

탁구해야 돼요. 내가 언니야 진짜 좋아하는 거 알죠?"

은정의 해맑도록 직접적인 표현에 내가 오히려 쑥스러웠다.

"어떻게 그렇게 막 사람을 앞에 두고 그런 말을 해? 대단하다."

"그럼 뒤에서 말해요? 우리 엄마가 그랬어요. 제때제때 화장실에 안 가면 나중에 변비 걸리거나 설사한다고, 좋아하는 마음도 제때제때 표현해야 한다고요. 아, 설사 얘기. 미안해요."

은정의 말이 날아와 박혔다. 송곳 스매싱을 두들겨 맞은 기분이었다. 나는 제때제때는커녕 아예 표현조차 못 했는데. 표현은커녕 나 자신도 눈치 못 채게 깊이깊이 파묻어 버렸는데.

은정은 내 팬이라면 가 봐야 하는 서울 명소라며 '서현 탁구장'에 가 보고 싶다고 했다. 은정은 챙겨 온 큰 사진기로 '서현 탁구장' 간판과 탁구장 구석구석을 찍어 댔다.

"자기 이름의 탁구장이 있는 탁구선수잖아요. 언니야, 진짜 멋져요."

유미가 꼭 저렇게 말했었는데. 그때 처음 '서현 탁구장'이 자랑스럽다고 느꼈었는데. 그때도 내가 유미를 좋아했나 봐. 탁구장 회원 아줌마 한 분이 은정과 내 입에 빵을 밀어 넣었다. 유미도 그때 입안 가득 빵을 물고 나를 보며 웃었었지. 정말 귀여웠는데 그날.

"아, 맞다. 최유미 선수인가? 그 국가대표 친구 유학 간다며?"

아련한 추억 사이로 걸걸한 목소리가 비집고 들어왔다.

"그래? 어디로?"

"스웨덴인가. 청남여고 다니는 조카한테 들었어. 우리 조카들도 탁구선수거든. 쌍둥인데 혹시 아나?"

"진짜? 그럼 우리 유학까지 가는 국가대표 선수하고 랠리 한 거야?"

"엄청 유명해지겠네. 사인이라도 미리 받아 놓을 걸 그랬나."

모두 함께 들떴다. 나만 홀로 멍했다. 유미가 다시금, 더 멀리 떠나려 했다. 사르르. 배가 차가워졌다. 꾸륵. 신호가 왔다. 이번에는 알았다. 이 순간 필요한 건 화장실이 아니었다.

1년을 묵혀 왔던 마음인데, 영원히 묻어두려 했던 마음인데, 0.0000000001초도 더 기다릴 수 없었다. 공중전화를 찾았다. 답 없는 전화벨이 끝없이 울렸다. 버스가 오지 않았다. 달리기 시작했다. 기다렸던 버스가 휭, 내 약을 올리며 지나갔다. 화낼 틈도 없었다. 그냥 더 전력을 다할 수밖에. 땀투성이가 되어 도착했다. 청남여고 체육관 문 너머로 선수들의 소리가 들려왔다.

"어이. 정선여고."

"몸은 괜찮냐?"

쌍둥이가 먼저 나를 발견했다.

"어, 괜찮아. 근데 저기."

유미를 찾으러 왔어. 말을 하려는데 입이 떨어지지 않았다. 곧 떠날 사람한테, 어쩌자고. 한 발, 뒤로 물러섰다. 지금까지도 말 안 하고 잘 살았잖아. 돌아서려 했다. 사르르. 배가 차가워졌다. 흐으으읍, 길게 숨을 들이마셨다. 후우우우, 길게 숨을 내쉬어 부풀어 올랐던 두려움을 불어 냈다. 온몸에 힘을 주고 다시 한 발, 앞으로 내디뎠다.

"유미 만나러 왔어."

그래, 유미 앞에서도 이렇게 힘내면 돼.

"왜, 설욕전이라도 하려고? 근데 어쩌지, 이제."

"안 올 텐데. 오늘."

"가잖아. 비행기."

"탄다고 했지? 좋겠다."

"비행기도 타고."

쌍둥이가 서로의 말을 이으며 답했다.

늦었구나. 안 되는 거구나. 이 정도면 됐지 뭐. 그래 노력했으니까. 용기는 냈으니까….

거북이와의 달리기 시합에서 잠이나 잤다는 토끼만큼이나 게을러터진 버스를 타고 김포국제공항에 도착했다. 모두가 유미 같았다. 누구도 유미가 아니었다. 안내데스크에 가서 비행기 출발 시간을 물었다. 안내원 언니는 스웨덴행 직항은 없다고, 경유지를 아냐고 물었다.

"그냥… 오늘 스웨덴으로 간다고만… 그것밖에 모르는데요…."

내 목소리가 기어들어 갔다.

"유미야! 최유미!"

정신없이 출국장을 뛰어다녔다. 여행객들과 부딪치고, 짐에 걸려 넘어졌지만 계속 달렸다. 버스 몇 대를 보내면서 같이 노래를 듣고 이야기할 때의 설렘. 드라마를 보며 손잡았던 때의 떨림. 탁구대 앞에 나란히 섰을 때의 가득했던 열기. 내 마음을 깨달을 수 있었던, 그 마음을 인정할 수 있었던, 내가 놓친 모든 순간들.

"얘, 너 피."

두근두근 꾸룩꾸룩

지나가던 여행객이 나를 불렀다. 그제야 내 무릎이 피범벅인 걸 알았다. 아까 짐에 걸려 넘어졌을 때 까진 건가.

"너 괜찮니?"

"네, 괜찮…."

괜찮지 않아. 맨날 이 모양이잖아. 피가 나도 모르고, 좋아해도 모르고, 출국장도, 경유지도, 아무것도 모르잖아.

"아파요."

목소리에 물기가 찼다. 왜 자꾸 사람들 앞에서 울어. 그만. 참아. 엉엉 주저앉아 울었다. 너무 늦었어. 다 끝났다.

갈 때는 느려 터졌던 버스가 돌아갈 땐 쓸데없이 빨랐다.

보랏빛이었던 하늘이 짙은 남색이 되었다.

탁— 타닥— 탁—

익숙한 소리가 들려왔다. 경비 아저씨들이 탁구 치시나. 어차피 이대로 집에 들어가기도 싫었다. 엉망이 된 얼굴에, 무릎에 붙인 대일밴드까지 보면 엄마가 또 걱정할 텐데. 오늘은 아무렇지 않은 척할 자신이 없었다. 터덜터덜 지하실로 향했다.

한 걸음, 한 걸음, 한 계단, 한 계단.

한 발 안으로 들어갔다. 경비 아저씨가 아니었다.

볼 박스를 꺼내 놓고 탁구공을 치다가 천천히 고개를 돌리는….

유미.

또 환상을 보는 건가.

“허락 안 받고 막 들어와서 미안.”
환상이 말도 하네. 눈을 깜빡였는데도 사라지지 않았다.

“괜찮으면… 같이 탁구 칠래?”
유미가 묻는다. 환상이 아니다. 비행기에 있어야 할 유미가 내 눈앞에 있다.

타닥— 탁— 탁— 탁—
주고받는 공의 속도가 점점 빨라진다.
두근두근.
심장 소리가 공 소리보다 크다.
두근두근두근두근. 타닥— 탁—
볼이 바닥에 떨어진다. 공 소리가 사라진 지하실엔 심장 소리만이 남는다.

“…유미야.”
내가 부른다. 유미가 나를 본다. 두려운 마음이 입을 잠그려 한다. 꾸륵꾸륵. 배가 재촉한다. 말해야 돼. 지금 말 안 하면 영원히 못 할 거야.
“지금이야!”
마음속 소리가 밖으로 튀어나와 버린다.
“응?”
아, 바보같이. 뭐라는 거야.
“유미야, 나.”
목소리가 떨린다. 첫 서브를 넣는 심정으로 말을 던진다.

두근두근 꾸륵꾸륵

"좋아해."

아무런 대답이 없다.

"친구나 동료, 그런 거로 말고. 그냥, 그러니깐 그게. 계속계속 생각나고 궁금하고 보고 싶고 같이 있고 싶고 만지고 싶고 안고 싶고 그렇게… 그렇게 좋아해. 뭘 어떻게 해 달라는 게 아니야. 그냥 너 좋아한다고."

*

환한 웃음. 시원한 성격. 모두가 친구 삼고 싶어 하는 아이. 국민학교 6학년 때 서울에 올라와서 본 서현이는 그런 아이였다. 나는 서울 아이들에게 얕보이지 않겠다는 일념으로 대구말을 쓰지 않으려 입을 꾹 닫고, 쉬는 시간에도 연습에만 몰두했다. 미움받을까 봐 두려워 새로운 기술에 성공하거나 게임에서 이겨도 대놓고 좋아하지도 않았다. 여자애가 무슨 운동이냐고 틈만 나면 핀잔주는 아빠에게 인정받고 싶었기에 은메달에도 만족하지 못했다. 나에게 탁구는 언제나 이를 악물고 해내야 하는 무엇이었는데, 서현이에겐 자연스럽게 즐기는 놀이 같았다. 서현이는 실수를 하고도 웃으며 털어 냈고, 작은 성공에도 크게 기뻐했고, 8강에서 떨어져도 툭툭 털고 일어섰고, 그 무엇을 해도 가족들과 친구들에게 사랑받았다. 악바리같이 노력하지 않아도 탁구를 잘 친다는 건, 애쓰지 않아도 모두에게 사랑받는다는 건, 아등바등하지 않아도 인정받는다는 건 어떤 느낌일까.

다른 중학교에 간 후에도 이따금 서현이를 떠올렸다. 이런저런 대회에서 마주칠 때마다 서현이의 실력도 늘어 있었다. 가볍게 친 공도 묵직하게 들어왔다. 서브의 볼 회전도 강해졌고 스매싱도 날카로워졌다. 늘 환하게 웃고, 승패에 연연하지 않으면서도, 놀 거 다 놀고 즐길 거 다 즐기면서도 이렇게 실력이 늘다니. 내 노력이 조롱당하는 기분이었다. 그런 서현이에게 지기는 너무나도 싫었다. 주니어 국가대표 선발전에선 어쩌면 국가대표가 되고 싶은 마음보다도 서현이를 이기고 싶은 마음이 더 컸을지도 모르겠다.

이상했다. 완벽한 승리를 거뒀는데 기쁘지 않았다. 집으로 가는 길에 버스 창문 너머로 혼자 걷는 서현이를 봤다. 한 번도 본 적 없는 표정. 그건 언젠가 너무나도 원했던 승리를 얻지 못했을 때 거울에서 마주했던 내 표정이었다. 버스에서 내렸다. 겨울의 추위도 잊고 서현이를 뒤쫓아 갔다. 어느 아파트 지하실의 탁구대. 그곳에서 서현이가 주저앉아 서럽게 울고 있었다. 심장이 아려 왔다. 보면 안 될 것 같았다. 혼자 두고 떠나기 싫었다. 함부로 다가가선 안 될 것 같았다. 나는 그저 문 뒤에 쪼그려 앉았다.

한참을 울던 서현이가 벌떡 일어나 공을 치기 시작했다. 땀을 흘리며, 홀로 기합을 넣으며. 오늘 나와의 경기를 몸으로 복기했다. 뒤에서 이렇게 노력하는구나. 나처럼. 이렇게 힘들어하는구나. 나만큼. 공 하나가 벽을 때리고 바닥에 떨어지더니 또르르 굴러 내 쪽으로 왔다. 재빨리 도망쳤다. 심장이 미치도록 뛰었다. 두근거림은 한참 멀리 떨어져 들킬 염려가 없어진 후에도 계속됐다.

중3이 되고 나서 주니어 국가대표를 거쳐 국가대표 상비군이 되고, 여러 학교에서 스카우트 제의가 들어오자 아빠도 어쩔 수 없이 딸이 운동선수임을 인정했다. 모든 게 잘 풀렸다. 이런 순간을 꿈꿔

두근두근 꾸룩꾸룩

왔다. 하지만 부족했다. 서현이의 미소, 서현이의 울음, 서현이의
탁구. 서현이와 함께이고 싶었다. 서현이가 정선여고에 간다는
소식을 들었을 때 다른 선택지는 눈에 들어오지 않았다.

　　고등학교에 정식으로 입학하기도 전에 서현이는 빠르게 다른
부원들과 친해졌다. 조급했다. 안 그래도 국가대표 상비군 훈련으로
함께할 시간이 많지 않을 터였다. 같이 연습할까? 훈련 같이하자.
이따 뭐 해? 서현이에게 할 말을 끊임없이 되뇌었다. 이젠 서울말에
익숙해졌지만, 나도 모르게 대구말이 툭 튀어나올까 봐 조심하면서
슬쩍 말을 꺼냈다. 처음엔 함께 개인 연습을 하는 것만으로도
좋았는데, 버스 정류장까지 가는 둘만의 시간만으로도 만족했는데,
주말마다 학교 밖 서현이의 모습을 알게 되어 그저 기뻤는데, 나는
점점 더 많은 걸 원했다. 윤영이가 서현이에게 자연스럽게 팔짱을
끼는 게 부러웠다. 여자 친구들 사이에서 하는 별거 아닌 행동이야.
스스로 되뇌어 봤지만 나는 알았다. 내게는 그 의미가 달랐다. 버스
정류장으로 향하면서 몇 번이고 손을 뻗었다가 접었다.

　　관심도 없는 드라마를 보러 휴게실에 잠입했던 날, 서현이의
옆에 앉으려 꾸물거렸다. 부드러운 머릿결, 시원한 이목구비, 넓은
어깨, 길고 단단한 팔, 섬세한 손. 그 모든 것에 닿고 싶었다. 브라운관
속 배우들에 시선을 줬지만 아무것도 보이지 않았다. 손에 부드러운
감촉이 느껴졌다. 서현이가 내 손을 잡고 있었다. 저벅저벅.
짤그락짤그락. 서현이는 내 손을 잡고도 바깥의 소리에만 집중했다.
서현이뿐 아니라 모두가 바깥의 소리에 귀를 기울이며 몸을 숙였다.
모두가 서로의 손을 잡고 있었다. 수위 아저씨 소리에 놀라서 손을

잡은 것뿐이었구나. 특별한 의미로 내 손을 잡은 게 아니었구나. 그래도… 그래도…. 오늘 드라마 보러 오길 잘했어. 서현이의 손을 더욱 꼭 잡았다. 그 손을 놓고 싶지 않았다.

　　서현이와 복식조가 되었을 때, 마음이 제멋대로 부풀어 올랐다. 운동만 하느라 제대로 경험해 본 적 없는 소풍 전날의 기분이란 게 이런 건가 싶었다. 모아 둔 용돈으로 좋은 향이 나는 샴푸를 샀다. 서현이와 가까이 설 일이 더 많아지겠지. 손톱도 더 깔끔하고 예쁘게 깎았다. 서브를 넣는 내 손을 서현이가 볼 수도 있으니까. 자를 때가 안 됐는데 미용실도 갔다. 앞뒤로 섰을 때 지저분한 뒷모습을 보이긴 싫잖아. 양치도 더 오래 했다. 작전을 주고받으며 귓속말도 하게 될 테니. 그래, 우린 이제 공식적으로 특별한 사이니까.

　　현서현-최유미 복식조는 엉망이었다. 서현이는 연습 중에 사라졌다. 내 마음을 들킨 걸까. 부담스러웠을까. 아니길 바랐다. 확인받고 싶었다. 서현이가 잘 어울린다고 말해 줬던 파란 티셔츠를 꺼내 입었다. 불쑥 찾아가 초인종을 누른 후에야 전화라도 하고 올 걸 그랬다는 후회가 들었다. 홀로 엿보았던 그 공간에 서현이와 함께 섰다. 높이 달린 유리창으로 햇살이 들어왔다. 그 햇살 속에서 엉엉 울다 벌떡 일어나 연습하던 중2 겨울의 서현이가 떠올랐다. 심장이 제 마음대로 콩닥거렸다.
　　"왜 학교 안 와. 무슨 일 있어?"
　　일부러 더 아무렇지 않은 척 말을 꺼냈다. 서현이는 아무 대답이 없었다.
　　"나한테 말해 주면 안 돼? 내가 도움이 될 수도 있잖아."

다시 침묵이 흘렀다.

"설마 나 때문이야?"

깊은 곳의 우려가 밖으로 튀어나왔다.

"혹시 알았어? 내가… 내가 널….'

뒷말을 잇지 못하고 머뭇거렸다. 숨을 골랐다. 그때였다.

"안지훈, 괜찮은 애 같아. 둘이 잘 어울려."

안지훈은 왜….

"가자, 그만 가야겠다. 나 약속이 있는데 까먹고 있었어."

그렇게 말하고 서현이는 휭 나가 버렸다. 나는 혼자 남았다.
명백한 거부였다.

수없이 들었던 전유나, 이상은, 박성신, 강수지의 노랫말이
마음에 날카로운 생채기를 냈다. 머리도 감기 싫었다. 손톱이고,
뒷머리고, 입냄새고, 아무렇게나 돼도 상관없었다. 마침 국가대표
상비군 훈련에 소집되어 다행이었다. 서현이의 굳은 표정을 다시
마주한다면 무너져 버릴 게 뻔했다. 청남여고로의 전학은 도주였다.
그렇게 모두 기억 저편으로 치워 버렸다. 그렇게 지나가게 두면
된다고 믿었다. 그랬었다. 정말이지 그랬었다.

"친구나 동료, 그런 거로 말고. 그냥, 그러니깐 그게. 계속계속
생각나고 궁금하고 보고 싶고 같이 있고 싶고 만지고 싶고 안고 싶고
그렇게… 그렇게 좋아해. 뭘 어떻게 해 달라는 게 아니야. 그냥 내가
너 좋아한다고."

내가 하고 싶었던 바로 그 말이 내 귀에 들려온다. 서현이의
목소리로.

내 마음이 잘 전달된 걸까. 괜히 말했나. 유미가 달아나면 어쩌지. 내가 싫다고 하면. 다시 어색해지면. 다시는 유미를 못 보게 되면.

고백을 하고 나니 걱정이 커진다.

아니야, 어차피 멀리 떠나는 거 알았잖아. 바라는 거 없다며. 고백했잖아. 그러면 됐잖아. 후련하잖아. 아니, 정말 후련한가? 진짜 바라는 거 없어?

고백을 하고 나니 욕심이 생긴다.

아, 미치겠네. 그냥 차라리 바닥이 꺼져 버리기라도 했으—

와락.

끝없이 뻗어 나가던 머릿속 문장들이 일시 정지한다.
유미의 팔이 내 몸을 감싼다. 유미의 얼굴이 내 어깨에 파묻힌다.
두근. 두근. 두근. 두근. 쿵. 쿵. 쿵. 쿵.
유미의 심장 소리가 내 몸에 퍼진다. 내 심장도 같은 박자로 뛴다. 절대 놓고 싶지 않아. 떨어지고 싶지 않아.
나도 팔을 들어 유미를 안는다. 아주아주 꽉.
두근. 두근. 쿵. 쿵. 두근. 두근. 쿵. 쿵.

두근두근 꾸룩꾸룩

감쌌던 팔을 살짝 푼다. 나를 바라보는 유미의 눈이 글썽인다. 내 얼굴은 이미 눈물투성이다. 유미가 내 눈물을 닦아 준다. 손길이 닿는 곳마다 찌릿하다. 유미의 손을 잡아 입술로 가져온다. 내 온 마음을 입술에 담아 꾹 유미의 손등에 전한다.

"스웨덴 가더라도 나 잊지 마."

눈도 마주치지 못하고 말한다.

"2년 넘게 좋아했는데 어떻게 2주 만에 잊어."

그렇게 말하는 유미의 목소리도 떨린다.

"2년 넘게?"

유미가 날 좋아한 지 2년이 넘었다고? 왜 그걸… 그것도 모르고 이제까지! 현서현 이 똥쟁아. 자기 마음은 외면하고, 유미 마음은 몰라주고. 그래 놓고 이제 와서 날 잊을까 봐 투정이나 부리고. 유미가 그런 나를 2주 만에 잊을 리…. 응?

"근데 잠깐, 2주라니?"

유미가 외국에 나가는 기간은 딱 14일. 스웨덴도 아니고 스위스로. 성인 국가대표 선수들이 스위스에서 열리는 세계 탁구선수권 대회에 출전하는데 유미를 비롯한 어린 상비군 선수들도 함께 가는 거라고 했다. 견문도 쌓을 겸, 선배들의 연습 상대도 되어 줄 겸. 암튼, 아 그 쌍둥이 때문에 내가 하루 종일….

"내가 아예 가 버리는 줄 알고 고백한 거야?"

유미가 웃으며 말한다. 유미가 나를 향해 웃어 준다. 꿈만 같다. 벅차오른다. 너무 좋다. 이 말로는 부족하다. 하지만 이 말 말고 뭐라고 할 수 있지? 모르겠다. 그냥, 너무너무 좋다. 너무너무너무너무—

"좋아해."

유미가 말한다.

"…나도 …나도 좋아해."

내가 말한다.

유미의 입술과 내 입술이 가까워진다.

*

그해 열린 전국체전 예선전에서 우리 학교는 또 한번 청남여고에 밀렸다. 그래도 우리의 탁구는 계속됐다. 자인 선배는 실업 선수 생활이 끝나도 일자리를 보장해 준다는 어느 은행 탁구팀에 들어갔다. 보경 선배는 실업팀이 아닌 대학 탁구부로 진학했다. 주장이 된 윤영은 '전국체전'이라 쓴 커다란 대자보를 체육관에 붙이고 자인 선배도 놀랄 정도로 팀원들을 달달 볶았다. 희진은 모범이 되는 선배가 되겠다며 고강도의 연습을 시작했다. 이젠 어엿한 정선여고 탁구부원인 은정에게도 1호 팬이 생겼다. 첫 팬레터를 받았을 때 너무 당황해서 그대로 도망쳤다나. 아, 그리고 나는.

탁— 톡, 탁톡, 타다, 탁톡, 타다— 탁, 탁— 톡, 타다, 타악—

넓은 체육관, 스무 대의 탁구대 위에서 경쾌한 탁구공 소리가 울려 퍼졌다.

"다음이다. 화장실은 다녀왔지?"

코치님이 긴장을 풀어 주려 장난스레 말했다.

"벌써 해결했죠. 국가대표 되고 싶으면 선발전에서 쓰러지면 안 되잖아요."

　　장난 섞어 대답하며 지정된 탁구대 앞으로 걸어갔다. 배가 솔솔
간지러웠다. 눈을 감고 심호흡을 했다. 심장박동이 탁구공 소리와
리듬을 맞췄다. 다시 눈을 떴다. 탁구대 맞은편에 유미가 와서
섰다. 유미의 눈에 내 눈을 맞췄다. 잘해 보자, 우리. 배가 차분히
가라앉았다. 심판의 경기 시작 신호가 들려왔다.

　　어깨를 두 번 돌린다. 잔발을 세 번 뛴다. 탁구대를 한 번 만진다.
심호흡을 한다. 공에 집중한다.
　　이제, 시작이다.

여름을 찾아서

이동은

1.

"너, 이제 털 달린 것만 좋아한다고 했잖아. 그런 네가 뭐? 연애?"

우림이 재희를 흘겨보며 말했다. 재희가 남은 음료를 쪼르륵 들이켰다.

"응. 걔도 털 있어. 아주 많아."

재희를 만나면 당분간 연애 이야기만 들을 게 뻔했다. 눈에서 새어 나오는 하트 조각을 보면서 우림은 생각했다. 이번에는 몇 달이나 갈까? 아니면 몇 주? 매번 어쩌면 저렇게 연애 감정을 처음 겪는 듯한 표정을 짓는 거지? 그래 봤자 고작 100일 정도 기간에만 진행되는 두뇌의 화학작용일 뿐인데. 생각할수록 신기하기만 했다. 한껏 들뜬 재희의 얼굴을 보면서 우림은 더욱 확신했다. 자신이 사랑이라는 낱말을 입에 올릴 일은 절대 없을 거라고. 찰칵. 갑자기 재희가 폰을 들어 우림을 향해 카메라 버튼을 눌렀다.

"왜 찍어?"

"기록해 두려고. 이 봐, 외계인을 보는 지구인 얼굴이잖아. 사진

이름 변경하기. 파일명 연애포비아. 저장 완료."

"당장 지워. 그리고 연애포비아란 말이 어딨냐. 필로포비아면 모를까."

우림의 반응에 상관없이 재희는 폰을 들여다보면서 연신 싱글거렸다. 다가올 연휴에는 여행을 갈 거라며 자랑질도 했다.

"벌써 여행을? 만난 지 얼마나 됐다고."

"만난 지 얼마 안 됐으니 여행을 가지! 첨엔 제주로 갈까 했는데, 혹시나 너희 가족이랑 마주칠까 봐 대만으로 바꿨어. 널 위해서. 내가 이렇게나 배려심이 깊다."

"핑계는. 우리 집 제주도 여행 가는 건 어떻게 알았어?"

우림이 묻자마자 재희는 다시 폰을 우림의 얼굴 앞으로 들이밀었다. 우림의 가족과 재희가 있는 단톡방 화면이었다. 우림은 없는.

"이 정도면 나, 너희 가족으로 인정해 줘야 하는 거 아냐? 어떻게 내가 너보다 너네 부모님이랑 얘기를 더 많이 해."

"그래. 나 대신 우리 집 2호 해라. 아니면 3호로 입양해 주랴?"

"그럴까. 유기견 입양하는 셈 치고, 입양해. 나 정도면 완벽하지. 너희 누나도, 부모님도 날 귀여워하고. 단 유산도 N분의 일로."

재희는 우림보다 자기가 생일이 늦다며 기꺼이 막냇동생이 되겠다고 넉살을 떨었다. 재희 같은 동생이라니 우림은 눈을 질끈 감았다. 동생이라고 상상만 해도 갑자기 입이 꾹 닫히는 기분이 들었다. 왜일까. 지금은 이렇게 시시껄렁한 이야기를 나누며 편한 사이인데. 스스로도 의문이었다. 필로포비아라는 말처럼 가족포비아라는 말도 있다면 자신이 혹시 그런 게 아닐까 하고 우림은 생각했다.

여름을 찾아서

"우리 가족은 털 달린 것 싫어해. 너랑 문화가 아예 달라."

"무슨 소리야, 난 털 없… 그래. 말을 말자."

재희가 아쉬운 듯 폰을 내려놓더니 우림을 똑바로 쳐다봤다.

"이우림, 너야말로 그러지 말고 진짜 어디 멀리 여행을 갔다 오라니까. 그래야 사람을 만나지. 분위기에 취해서든 뭐든 너 같은 애는 그렇게라도 시작해야 해. 레니미스 같은 거 하지 말고."

"레니미스가 아니라 레미니스! 어쩜 그걸 그렇게 말하냐? 우리 아직 30대야. 어르신!"

재희는 요즘 어디 가서 자기 이름도 틀린다며 이게 다 스트레스 때문이라고, 남들 다 하는 주 4일제를 자기 회사는 왜 아직도 안 하는지 모르겠다고 투덜거렸다.

"근데 기껏 몇 시간에 그 사악한 가격은 뭐냐? 나 같으면 그 돈에 크루즈 여행을 했겠다."

"몇 시간이 아냐. 레미니스에서 내가 체감하는 시간은 100시간이나 돼. 거기서 나흘 정도 머무르다 오니까 엄청 비싼 것도 아니지. 그리고 내가 기억만 한다면 레미니스에선 다 가 볼 수 있잖아. 과거 어느 때 어느 장소든지. 그 정도면 제법 합리적인 가격 같은데, 난."

우림은 진심이었지만 재희는 그 말이 레미니스를 이유 없이 두둔하는 것처럼 들렸다.

"뭐래. 나도 한번 알아봤거든? 거기 처음엔 기억 삭제인가 해 주던 데 아냐? 그땐 트라우마 치료니 어쩌니 그러면서 보험도 적용해 주고 하더니만. 이름만 싹 바꾸고 이용료를 대체 몇 배나 올린 거야? 아무튼 사람들은 잊는 거보다 뭐라도 새로이 경험하는 걸 좋아하나 봐."

"나이 들면 망각은 자동이고 공짜니까. 자기 이름도 까먹는 너처럼."

"우림이 너도 그거 하기 전에 정보 공유 다 동의했지? 네 과거 데이터 전부 말이야. 몇 시간 체험하려고 그렇게 싹 다 넘겨주다니. 어휴, 난 꺼림칙해."

재희가 고개를 저었다. 개인정보야 사실 이미 다 공유되는 거나 마찬가지였다. 상위 1퍼센트 부자가 아니고서야 자신 같은 처지에겐 개인정보라는 말 자체가 성립 불가능하다는 건 재희도 잘 알았다. 우림은 레미니스가 자신의 과거를 완벽하게 구성한다면 그 정도는 감수할 용의가 있었다. 물론 레미니스가 제공하는 체험은 진짜 과거가 아니었다. 가상현실에 가까웠다. 진짜는 오직 이용자가 경험할 때 느끼는 감각과 감정이었다.

"상관없어. 누가 내 정보나 과거에 관심을 갖겠어. 거기서 보고 듣고 한 게 실재도 아닌데 뭘. 어차피 난 간판 구경하러 간 거야."

"그 비싼 돈을 주고, 그래 봤자 몇십 년 된 손 글씨 간판이나 보러 갔다고? 네 연구원 연봉 얼마나 한다고… 맨날 돈 없다고 불평하더니."

"왜 이래, 간판 보러 간 게 어때서? 이제 달리기도 못하고, 유일하게 남은 내 취미야. 건들지 마. 네가 털 많은 애들한테 돈 쓴 거 내가 다 읊어 줘?"

우림의 말에 재희가 바로 꼬리를 내렸다.

"야, 알지 알아. 취미 활동 다 존중하지, 존중해. 근데 레니미스는."

"레미니스."

"그래, 레.미.니.스!"

재희가 흥분을 가라앉히고 말을 이었다.

여름을 찾아서

"거기선 사진도 못 남기잖아. 이미지라도 갖고 온다면 네 아카이브에 도움이라도 되지. 부자들이야 돈이 남아도니까 그걸로 옛날 가족이나 애인 만나서 회포도 풀고 그런다지만, 너는 길에 흔하디흔한 간판 글자들을 보러 갔다고 하니까…. 그리고 따지고 보면 그 여행을 너가 체험하지도 않았잖아. 심지어 거기서 넌 다른 사람이었다면서? 이우림 진짜 또 호구 당했네, 당했어. 어서 환불이나 받아."

"괜찮아. 난 구경하고 산책하러 간 거라니까! 내가 나든 다른 사람이든 별 상관 없었어. 더군다나 다른 사람도 아니고 지수였잖아."

"운동했다던 개? 축구부?"

"응. 그래서 외려 좋았지. 개 몸을 내가 그대로 느꼈으니까."

"느끼긴 뭘 느껴? 너 그거 되게 이상하게 들려."

재희가 꼬투리를 잡았지만 우림은 더 대꾸하지 않았다. 왜 레미니스에서 하필 지수가 되었을까 궁금하기는 했다. 물론 지수는 평범한 타인은 아니었다. 구태여 밝히자면 '첫사랑'이라는 수식어를 달 수 있는 사람쯤 될까. 그러나 잠시 잠깐이었다. 열다섯 살 시절 딱 100일 정도의 감정 상대, 그 이상 그 이하도 아닌 인물. 딱 그 정도였다.

"시스템 오류 같은 거 아냐? 체험이 끝나자마자 물어보지 그랬어. 하여간."

우림도 그 생각을 안 한 건 아니었다. 우림은 레미니스에서 깨어난 순간을 떠올렸다. 현실로 돌아오니 한동안 얼떨떨했다. 다른 이용자 후기에서 보았던 시차 적응이란 단어가 생각났다. 적확한 표현이었다. 비록 가상이긴 하지만 과거에서 현재로 복귀했으니까 이거야말로 진짜 시차 적응인 셈이었다. 누운 상태로 길어야 서너 시간 지났을 뿐인데도 일어나니 한 며칠 여행 다녀온 것 같은 피곤함이 꼬박 몰려왔다.

"실은 그거보다 더 묻고 싶은 게 있긴 한데."

우림이 말끝을 흐렸다.

"뭔데?"

"좀 개인적인 거라…."

"아, 뭔데 그렇게 뜸을 들여. 너 레미니스에서 뭔 일이 있었던 거야!"

이번엔 재희가 레미니스라고 제대로 말했다.

2.

레미니스 '고객의 소리' 게시판

....

제목: 안녕하세요, 9월 17일에 여의도 지점에서 서비스를 이용한 사람입니다

글쓴이(ID): spring_peak138

서비스 후기 남겨 달라는 메시지를 보고 고민하다가 글 남깁니다. 실은 체험 중에 문제가 조금 있었어요. 정확히는 저쪽 세계에서요. 네, 서비스는 그럭저럭 만족합니다. 그래서 지점에서 나올 때도 아무 말씀 드리지 않았고요.

그런데 아무래도 제가 겪은 게 일종의 시스템 버그? 같아서요. 순수하게 옥에 티 하나 발견한 심정으로 제보해 봅니다. 이 서비스가 앞으로도 잘됐으면 하는 피드백 차원에서요. 환불이나 보상을 원하는 건 아니에요. 식당 메뉴나 간판에서 맞춤법 틀린 오탈자 발견하고 알려 드리고 나가는 손님쯤으로 받아들여 주세요. 그러니까 자세히 말씀드리자면 그때 제가….

....

제목: [답변] 안녕하세요, 레미니스 고객지원팀입니다

이우림 고객님, 먼저 불편을 끼쳐 죄송합니다. 고객님께서 말씀하신 사안을 현재 관계 부서에서 확인 중입니다. 다만 확인하는 데에는 다소 시간이 소요될 수 있습니다. 저희는 이번 사안을 중요하게 판단해 보다 정밀한 조사를 진행할 예정입니다. 그래서 고객님께 직접 이야기를 듣고 더 자세한 내용을 파악하고자 합니다. 편하신 날짜와 장소를 말씀해 주시면, 방문하여 이야기를 듣도록 하겠습니다. 고객님께 불편을 끼친 점 거듭 사과드립니다. 또한 이와는 별도로 인터뷰에 대한 사례를 드리겠습니다. 부디 인터뷰를 허락해 주시면 감사하겠습니다.

....

3.

우림의 레미니스 첫째 날

남은 시간 90H:38M:22S

나는 달렸어. 아니지, 열다섯 지수는 달렸어. 흙먼지 가득한 중학교 운동장도 오랜만이었어. 여기 온 지 몇 시간이나 지났지? 참 신기해. 처음에 도착해 둘러볼 때는 몰랐는데 말이야. 오전에 시내를 걸으며 간판을 구경할 때는 단순히 시각 정보의 선명함만 느꼈거든.

그런데 달리니까 볼에 와 닿는 바람, 운동장 모래 냄새, 이마를 타고 흐르는 땀. 이 모든 게 정말 또렷하게 느껴져. 이게 현실이 아니라면 뭐가 진짜일까? 실제보다 세상의 부피와 질감이 하나하나 더 날카롭게 느껴진다는 사실이 믿기지 않았어.

"마, 니 제대로 안 뛰나!"

아, 저 목소리. 그래 도바리! 까맣게 잊은 체육 샘 별명이 머리에서 자연스럽게 떠올랐어. 어쩌면 이렇게 예전에 가졌던 두려움도 고스란히 생겨나지? 레미니스 직원 말로는 꿈꾸는 거랑 비슷할 거라더니 이건 꿈보다 더 생생하잖아!

하늘을 올려다봤어. 가을 햇살 사이로 빛나는 거대한 숫자들. 남은 시간을 알려 주는 시계였어. 이곳에 머무를 수 있는 시간은 하늘만 보면 바로 확인이 가능했어. 시간 참 안 간다. 이제 첫날인데. 현실이랑 다른 건 저 구름 사이의 엄청나게 큰 숫자뿐이야. 처음에 레미니스 상담 직원이 체험 소요 시간이 현실에서의 서너 시간 정도라고 했을 때 나는 고작 그거밖에 안 되냐고 되물었거든. 그런데 여기서 저 시계를 보니까 이곳에서의 100시간이 꽤 길게 느껴졌어.

처음에 지수의 몸인 걸 확인했을 때 좀 당황하긴 했지만 나쁘지 않았어. 일단 내 몸이 그렇게 가벼울 수가 없었거든. 그러니까 저 세계…라고 해야 하나. 실제 현실 말이야. 평소 내 몸이 무겁다고 느꼈던 적은 없었지만, 이 세계…라고 해야 하나. 여기에 오니까 한 번에 알아차렸어. 가볍다!

이 가벼움은 깃털과는 다른 종류야. 개운하고 산뜻했지. 몸이 내가 마음먹은 대로 움직였어. 이거 생각보다 굉장해. 돌이켜 보니까 아주 어릴 적 이후로는 처음이었어. 집 안 어디든 찰흙처럼 붙어 올라갈 수 있을 거 같고 종이접기처럼 몸을 구부려 어느 구석이든

여름을 찾아서

들어갈 수 있었던, 그때 같았지. 그게 먼 옛일이 아니라 지금 내 몸 상태라니. 너무 좋았어!

그래서인지 조금 쓸쓸한 기분이 들기도 했어. 예전에는 썩 괜찮았던 일이 더 뛰어나고 빼어난 걸 경험하고 난 후 다르게 보이는 경우처럼. 이 날렵하고 시원한 느낌. 가상이라고 하지만 이건 내가 아닌 지수라서, 그리고 열다섯이라서 가능한 일이니까.

그런데 지금 계속 뛰어야 하는 것도 내가 지수이기 때문이잖아? 문득 깨달았지. 얘가 축구부만 아니었다면 운동장을 도는 얼차려 따위는 받지 않았을 텐데. 내가 나로 여기에 존재했다면, 원래대로 이우림이었다면 이렇게 힘들게 달릴 필요가 없잖아. 순간 너무 억울해서 다리에 힘이 풀렸어.

"아, 힘들어. 윽, 이게 뭐야. 모래도 씹히잖아. 퉤!"

"자슥, 니 안 하던 수업 땡땡이를 다 치고. 뭔데 니, 남포동에 뭐 하러 갔는데? 솔직하게 말해 봐."

도바리가 쫓아와 등을 툭툭 치며 잔소리를 해 댔어.

"그게… 간판 보러요."

"이 자슥이 진짜. 니, 축구부라고 봐줄라고 했더니만 안 되겠네. 근데 마! 니 왜 난데없이 서울말이고? 지금 니 연기하나?"

서울말 한다고 꿀밤을 먹이다니. 야만적인 시대다. 내가 과거를 얕봤구나. 다시 부산 사투리를 써야 하나? 이거, 억수로 어색한데? 샘, 전 열여덟에 서울로 온 이후로 서울말이 몸에 뱄거든요! 표준어 몰라요? 저쪽 펜스에서 다른 아이들이 날 보고 킥킥댔어. 다른 애들은 집에 가는데 나는 이게 뭐람. 이렇게 소중한 첫날 오후를 다 보내는구나. 시간이 아까웠지.

학교를 좀 둘러봤어. 원래 여기가 이랬나? 어슬렁거리며 주변 애들한테 여기저기 물어보는데 다들 황당해하며 쳐다봤어. 내가 경험했던 공간과 시간인데 이렇게나 서먹하다니. 지금 내 눈앞의 시공간은 과거의 빅데이터와 나의 기억이 맞물려서 흡사 꿈같이 경험하는 세상인 거잖아. 어떤 의미로는 결국 내가 만든 세계인데, 막상 왜 여기서 나만 어설프지? 진짜 딱 아무것도 모르는 중학생이었어.

"야, 니 축구 연습 안 하고 어델 가노?"

옆집 아저씨처럼 생긴 애가 다가와 퉁명스럽게 말을 걸었어. 왠지 축구부 주장 같더라. 뭔가 본능처럼 느껴졌지. 그래서 높임말로 대답했어.

"저, 축구부 아닌데요."

학교에서 나와 다시 부산 시내를 돌아다녔어. 그래, 바로 이거야. 난 운동장이나 뛰며 벌받으려고 온 게 아니야. 이 시대, 이 거리를 만끽하려고 온 거였거든. 이제야 제대로 산책을 즐겼어. 비록 모든 게 정교한 데이터가 만들어 내는 가상이지만, 완전 초고해상도였어. 짜릿했지. 지나가는 사람들에게 눈빛으로 말을 건넸어. 안녕하세요? 저는 산책자입니다. 발길 닿는 대로 걸으면서 들려오는 소리와 풍경을 마음껏 누리는 중입니다. 반가워요.

행인들 말소리를 듣는데 요즘과 달랐어. 같은 부산 사투리지만 같지 않았어. 그동안 서울말만 변화하는 줄 알았지 사투리가 바뀌는 줄은 몰랐어. 여기서 직접 들어 보니 과연 요즘과 다른 말을 하고 있더라. 놀라웠지. 물론 나도 알아. 지금이 실제 과거가 아니란 거, 나도 안다고!

말투만 다른 게 아니라 간판 글씨도 달랐어. 글꼴도 다 다르고. 특히 손 글씨들! 요즘은 사라진 시내 골목길에서 옛날 글자들을 봤어. 묘하게 설렜어. 재개발로 도심이 이전된 지금과는 달리 사람들로 붐비는 원도심을 걸었어. 괜스레 가슴이 벅차올랐지. 이 샘솟는 뿌듯함! 이래서 먼저 경험한 사람들이 레미니스를 타임머신에 비유했구나 싶더라. 과거에서 즐기는 휴식이라며 '타캉스'라고 부르던 게 생각났어.

　　시장 어디에나 밤늦게까지 사람이 많았어. 하기야 이때 우리나라 인구가 지금보다 많았으니까. 여긴 도심이라 더 그렇겠지. 구경하며 걷는데 누군가가 내 어깨에 팔을 슬쩍 올렸어. 일행인 다른 애도 다가와 어깨동무를 했어. 누구지? 또래 같은데 나를, 아니 지수를 아는 사람인가? 그 낯선 얼굴이 침을 뱉는 시늉을 하고는 뇌까렸어.

　　"지금 몇 시나 됐는데?"

　　시간이 궁금한 사람이구나. 본능처럼 난 하늘을 가리켰지. 아 참, 사람들 눈엔 저 숫자가 안 보인다는 걸 깜빡했어.

　　"니 돈 좀 있나?"

　　낯선 얼굴이 속삭이듯 물었어. 지수 같은 애한테도 이런 놈들이 들러붙는구나. 내가 과거를 또 얕봤다.

　　"돈? 있을 리가 없잖아. 난 미래에서 산책 왔으니까. 근데 왜 너는 반말이세요?"

　　"뭐라카노. 이, 마!"

　　나이도 비슷해 보여서 무시하고 지나갈까 했어. 근데 그러기엔 조금 아쉽잖아. 이 긴 다리로 액션영화나 찍어 볼까. 마침 몸이 근질근질하던 차에 잘됐다 싶었지. 어차피 난 지수니까. 아마 과거의 나였으면, 그러니까 이우림이었으면 즉시 도망쳤겠지. 아니면 최대한 크게 돌고래 고함을 질러서 주위에 도움을 요청했거나.

일단 다리를 한번 쑥 들어 올려 봤어. 팔도 쭉 뻗어 보고.
뭐지? 곧이곧대로 쫙쫙 나갔어. 이건 뭐. 별로 힘도 안 준 주먹이라
미안한걸. 때마침 어디서 경쾌한 음악이 들려왔는데 그건 기분
탓이었을 거야.

　돈을 빌려 달라는 녀석들 덕분에 내가 여비를 다 마련했지 뭐야.
주머니에 돈도 없었는데. 이걸로 숙박비나 해야겠다 생각했어.
뭐라도 좀 먹고 말이야. 맥도날드에 가 보고 싶어졌어. 옛날 빅맥은
무슨 맛이려나. 크기는 요즘보다 크겠지? 확인해 봐야겠다. 길을
가다가 옛날 배스킨라빈스 로고를 보니까 괜히 이것도 한번 먹어
보고 싶어졌어. 이러고 다니니까 뭔가 산책하러 온 게 아니라 훌쩍
배낭여행을 온 기분이 들었어.

　여행이라니, 갑자기 아주 멀리 떠나온 것 같았지. 어쩌면 떠나온
게 아니라 되돌아온 건데 왜 이런 마음이 드는 걸까. 괜스레 마음이
헛헛했어. 더구나 혼자 하는 여행이라니. 아냐, 외로운 건 아니었어.
여행자는 누구나 고독한 법이니까. 문득 우림이가 떠올랐어. 그래,
우림이. 여기까지 와서 내가 우림이를 안 봤잖아. 얜 뭐 하고 있을까?
이 시절의 나를 슬쩍 한번 보고 싶었어.

4.

　우림의 얘기를 듣던 재희가 빈 맥주잔을 만지작거리며
툴툴거렸다.

　"우림아 말 끊어서 미안한데, 자꾸 네가 네 입으로 우림이,
우림이 하는 거 못 들어 주겠다."

여름을 찾아서

"뭐라고?"

"아니, 네가 네 이름 부르니까 되게 뭐랄까, 묘하게 재수 없어. 그 뭐지? 킹받는다? 우리 이모가 하는 말이거든. 어디 영상 보니까 옛날 유행어라고 하던데. 지금도 가끔 써. 그럼 난 속으로 무슨 저런 괴상한 표현이 다 있나 했거든. 근데 방금 깨달았어. 그 말, 이젠 무슨 뜻인지 확실히 알겠다."

재희가 우림의 말에 괜한 꼬투리를 잡는 건 다 연애 때문이었다. 며칠 만에 다시 솔로로 돌아온 재희는 만사에 볼멘소리를 해 댔다. 이게 어디 한두 번 겪는 일인가. 우림은 누구보다 잘 알았지만 서운한 건 어쩔 수 없었다.

"왜? 나는 내 이름 부르면 안 돼? 그리고 그냥 좀 들어 줘. 공감을 바라지도 않아. 나는 아까 네 전 남친 얘기 가만히 다 들어 줬잖아."

"남친이라는 말은 빼 줘. 리스트에도 못 껴 갠."

우림이 혼자만 생맥주를 한 잔 더 주문했다.

"내가 아닌 남이 되어서 나를 보는 느낌이 뭔지 재희 넌 죽었다 깨어나도 모를 거야."

"아냐, 알아. 가끔 비슷한 거 나도 느껴."

"네가? 언제?"

"재택근무할 때. 뭔가 시선이 느껴져서 보면 우리 보일이가 나를 쳐다볼 때가 있거든?"

보일이는 보일러실에서 구조된 후, 재희에게 입양돼 3년 8개월째 같이 사는 삼색 고양이였다.

"하루는 나를 퍽 안타깝게 쳐다보는 거야. 그 아이 눈빛이 딱 그래. 저 휴먼은 왜 허구한 날 쓸데없이 저 네모만 들여다보면서 얼굴이 썩어 가는 걸까, 갤 보면 그 안쓰러운 마음이 고대로 나한테도 전달돼.”

“안쓰럽긴. 보일이는 단지 널 사냥 능력 없고 엉덩이만 큰 늙은 고양이 정도로 보는 거야.”

“그런 식으로 날 욕하시겠다?”

“어디 연구에서 봤어. 실제 고양이가 집사를 그렇게 본대.”

“아니 그런 연구는 자기가 고양이가 되어 본 것도 아니고, 어떻게 확신하는 거지?”

재희가 마른안주 속에서 땅콩을 골라내며 구시렁댔다.

“대화라도 하나 보지.”

우림이 심드렁하게 대꾸했다. 취기가 오른 재희가 풀린 눈을 억지로 부릅떴다.

“대화? 그래, 대화가 있었지. 나도 매일 보일이랑 대화를 해. 아침에 내가 안 일어나잖아? 그럼 얘가 나 죽은 줄 알고 다가와서 계속 깨워. 얼마나 걱정스러운 목소리로 말을 거는지 안 일어나곤 못 배겨. 우림이 너, 반려동물 한 번도 안 키워 봤다고 했지. 이런 대화가 뭔지 알아? 넌 깨었다가 죽어도 모를 거야.”

우림은 일단 재희가 술이 깨기를 기다렸다. 죽이는 건 그다음 일이고.

5.

우림의 레미니스 둘째 날
남은 시간 73H:24M:10S

그게 참 신기했어. 내가 여기에 간판을 보러 왔잖아. 그런데

여름을 찾아서

간판을 더는 보러 다니지 않았어. 대신 우림이를 보러 학교에 갔어. 나를 만나러 갔지. 사실 이런 일이 정말 드물잖아. 내가 나를 타인으로 보는 경험. 누가 이걸 해 봤겠냐고. 거울에 비치거나 사진에 찍힌 내 모습을 보는 정도지, 누가 실제 자신을 제대로 마주했겠어. 지금 내겐 지수가 된 나도 진짜고, 우림이도 진짜 나야.

오랜만이라 그런가 아침에 등교를 하는 기분도 나쁘지 않더라. 우림이 얘가 어디 있나. 학생들 사이에서 내가 어딨나 찾았지. 언뜻 학부모가 된 듯한 착각이 잠시 들었어.

"아, 저기 있다!"

운동장에서 우림이가 몇몇 아이들과 달리고 있었어. 순간 너무 반가워서 손을 흔들 뻔했어. 내가 나를 보는데 왜 울컥하지? 한편으로는 내가 뛰는 모습을 보는 게 웃겼어. 이러나저러나 땀 흘리는 건 똑같잖아. 내가 이 세계에 제대로 와서 나로 존재했어도 저기서 저렇게 또 달렸겠다 싶었지. 덧없이 웃음이 나왔어.

예전에 도바리가 체력 단련 클럽인가 뭔가를 만들어서 한 반에 몇 명씩 뽑아 아침부터 저렇게 뛰게 했어. 보호자 동의도 받고 말이야. 예상대로 아이들은 체력이 당연히 좋아졌지. 그 때문인지 몰라도 어떤 아이는 키가 많이 자랐어. 하지만 난 아침부터 땀을 한 바가지 흘려서 옷이며 온몸이 다 젖는 게 뭣보다 너무 싫었어. 인상을 쓰며 달리는 우림이를 보니 무슨 생각을 하는 중인지 대번에 알겠더라. 나 역시 예의 그 찝찝한 기분이 들어 인상을 찡그렸어.

"아야!"

그때, 축구공이 내 허벅지를 강타했어. 어디서 날아온 거야! 다리를 문지르며 두리번거리는데 어제 본 '왠지 축구부 주장'이 소리쳤어.

"뭐 하노! 축구부, 퍼뜩 안 뛰오고. 연습해야지!"

내가 손가락으로 날 가리켰어. 나? 저요?

"그래, 니! 늦어 놓고 뭘 멀뚱멀뚱 쳐다보는데?"

별수 없었어. 나도 우림이처럼 운동장을 뛰었어.

하굣길에 우림이를 기다렸어. 하굣길. 이 말을 일부러 잠시
입안에 머금었다가 소리 내 보았어. 정말 오랜만에 써 보는 설레는
단어였지. 모처럼 착실하게 중학교 수업을 들어서 그런지 이 말에서
달콤한 향이 나는 듯했어. 모처럼 중학생, 오늘 수고했어!

우림이한테 주려고 편의점에서 내가 좋아하는 아이스크림을
샀어. 요즘은 안 파는 아이스크림이 보이길래 사는 김에 내
것도 하나 샀어. 교문 밖으로 우림이가 내려왔어. 난 싱글싱글
여유롭게 웃으며 다가갔지. 아이스크림을 내밀었어. 한 손으로는
아이스크림을 먹으면서. 우림이가 경계하는 얼굴로 멀뚱히 날
쳐다봤어. 이거 너가 좋아하는 건데? 얘가 왜 저런 의아한 표정을
짓지? 우림이가 아이스크림과 나를 무시하고 쓱 지나쳐 갔어.

쟤가 왜 저럴까 하고 서운하기도 했지만 내가 성급했나
싶어 후회도 했어. 그래, 중3 때는 우림이와 지수가 아직 사귀기
전이니까 지금 우림이는 내가 누군지도 잘 모르잖아. 한편으로는
다행이라고도 여겼어. 만약 지금 내가 우림이랑 사귀는 중이거나
또는 헤어진 이후라면 내 상황에서도 좀 부담스러웠을 거 같았거든.

바로 우림이를 쫓아서 달려갔어. 그때 골목에서 불쑥 우림이
앞으로 오토바이가 튀어나왔어. 다행히 부딪치진 않았지만
우림이는 얼굴이 창백해져서 그대로 주저앉았어. 얼른 다가가서
괜찮냐고 물었지. 우림이는 눈도 마주치지 않고 입을 꾹 다물었어.

여름을 찾아서

얼마 동안 그렇게 시간이 멈춘 듯 미동도 하지 않았어. 그러더니 갑자기 아무 일 없다는 얼굴로 툭툭 털고 일어나 다시 가더라. 내가 아무리 불러도 들은 체도 안 하고 앞만 보고 갔어.

야속하기는 했지. 동시에 걱정도 되고. 잠깐이지만 알 수 없는 그늘을 느꼈거든. 즐거운 하굣길!이잖아. 난 저 때 저러지 않았어. 그런 기억도 없어. 그렇게 생각하니 걔한테 더 서운했지. 그래도 내가 나를 이해해야지 어떡하겠어. 내 잘못이긴 했어. 난 우림이를 너무 당연하게 나로 여겼어. 내가 나를 무시했던 거지. 여기선 분명 다른 사람인데 쟤를 나로 착각했어. 쟤는 날 모르니까, 내가 먼저 인사하고 누구라고 정식으로 소개했어야 했는데. 우림이가 충분히 그럴 만했어. 모르는 애가 대뜸 다가와서 그랬으니 적잖이 당황했겠지.

우림이가 다니는 학원을 한참 만에 찾았어. 기억이 흐릿했거든. 동네가 예상보다 많이 바뀌었더라. 아니지, 그러니까 정확히 말하면 바뀌기 이전이지. 이곳은 재개발 이전의 마을 데이터로 구성된 현실이니까. 엉뚱한 학원 몇 군데를 가 보고 나서야 예전에 다녔던 학원 위치가 제대로 떠올랐어.

다시 우림이를 만나면 날 뭐라고 소개하지? 차마 지수라고 말하지는 못하겠더라고. "실은 내가 너야"라고 할 수도 없는 노릇이었어. 학원 근처에서 그것만 골몰하며 걸었더니 시간이 훌쩍 지나 버렸어.

저녁에 학원 문 앞에서 기다렸는데 우림이가 내려왔어. 날 보더니 아연한 표정을 지었어. 저렇게까지 놀랄 일인가. 마치 죄지은 기분이 들었어. 내가 또 잘못했구나. 이번에도 망했다. 우림이한테 인사도 못 하고 곧장 뒤돌아 가야만 했어.

저 눈빛을 보니 이 세계에서 나와 우림이가, 아니 지수와 내가 1년 뒤에 서로 좋아하게 되는 일은 결코 없을 거라 생각했지. 단연코 그럴 수가 없어. 그러자 서글픈 감정이 밀려왔어. 틀림없이 기억에는 있지만 기억을 부러 삭제하는 기분이었어. 이제 나와 지수의 10대 시절 둘만의 짧은 추억은 영원히 없을 거 같았어. 어느 누구의 기억에도.

우림의 레미니스 셋째 날
남은 시간 49H:32M:18S

이튿날 학교에서 우림이 반을 찾아갔어. 쉬는 시간이라 다들 시끌벅적거리는데 우림이만 책상에 엎드려 있더라. 자는 것 같았어. 그 자리만 꼭 섬처럼 보였어. 선뜻 다가가지 못했지. 왜 이렇게 난 내가 힘들지? 결국 망설이기만 하다 보니 수업 시작종이 울렸어.

복도로 나와 걷는데 발이 천근만근 무거웠어. 쟤가 나인데, 내가 나를 대하는 게 왜 쉽지가 않을까? 뭔지 모를 슬픔이 몰려왔어. 이 요동치는 감정이 낯설어. 가슴과 두 팔 사이 어디쯤, 그 빈 공간이 시려 왔어. 살갗에 닿는 공기가 기분 나쁘게 차가웠어. 눈이 흐릿해지면서 눈꺼풀도 무거워. 이대로 어디든 눕고만 싶었어. 지수의 스포츠형 몸이어도 이건 어떻게 안 되나 봐. 이놈의 감정 앞에선 누구나 다 똑같았어.

그 순간 여기 온 걸 후회했어. 다 지나간 10대의 감정을 지금 다시 느끼고 싶진 않았거든. 복도 창밖으로 하늘 시계를 쳐다봤어. 오늘을 빼고도 아직 이틀이나 더 남았다니. 쓸쓸해져서 그만

여름을 찾아서

돌아갈까 하고 혼자 묻기까지 했어.

레미니스는 중간에 멈출 수 있어. 가이드가 원칙상 체험 도중에 멈출 수 없다고 설명은 하지만, 그래도 중단은 가능했어. 단, 환불은 절대 불가. 이용자가 끝내고 싶으면 나올 수는 있는데, 방법이 좀 그랬어. 왜냐하면 그 방법이 '죽는 거'니까. 처음에 들었을 땐 농담인가 했어. 체험을 도중에 멈추고 현실로 나오는 순간, 일시적이지만 죽는 느낌이 든다나. 정확히 뭘 겪는지는 말을 안 해 줬어. 믿긴 어렵지만 체험자마다 다르다고 했어. 매우 짧은 순간이긴 해도 극도로 부정적인 신체 반응이 감지된다니까 레미니스 측에서 조심하는 게 이해는 갔어. 그 때문에 가급적 중단하지 말라고 사전에 강조했었나 봐.

여기서 나가는 방법은 간단해. 이곳에 도착하면 가슴 안쪽 주머니에 초록색 양말이 하나 존재하거든. 그걸 삼키면 끝. 잘못 말한 거 아냐. 맞아. 알약이 아니라 양말! 잘 모르겠지만 일종의 의도된 허들이겠지. 누구든 양말을 입에 넣는 건 쉽지 않으니까. 이 양말 세팅은 시스템에 홀드가 돼 있어서 이용자가 옷을 갈아입어도 안쪽 주머니엔 언제나 초록 양말 한 짝이 존재해. 지금 내 주머니에도 들어 있어.

중간에 이곳을 떠나기로 마음먹었다면 감내해야 할 게 또 하나 있어. 바로 망각이야. 떠나는 순간의 고통도 고통이지만, 망실을 각오해야 해. 여기서 겪은 모든 기억을 두고 가야 해. 이곳에서 느낀 모든 생생한 감정과 경험 중에 그 어느 것 하나 갖고 갈 수 없다니 참 허무하지. 명백히 겪었는데 기억조차 못 하다니. 아예 경험하지 않았던 것과 다를 바 없는 셈이야. 틀림없이 존재했지만 다시 없음이라니 이 얼마나 쓸쓸해.

내시경검사 할 때 하는 수면마취랑 비슷할지도 몰라. 그것도 일시적으로 기억 소실을 일으키잖아. 약물이 사람이 느끼는 감각을 기억 담당 해마로 가지 못하도록 차단하니까. 분명 경험했지만 기억을 못하고, 잠시 잠들었다가 곧바로 일어났다고 여기게 되는 점이 닮았다면 닮았네.

상념에 잠겨 운동장을 내다봤어. 지금 포기하면 이곳에서의 시간을 전혀 기억하지 못한다고 생각하니까 좀 아까웠어. 물론 돈도 아깝고 말이야. 기왕 온 거 이대로 그냥 갈 수야 없지. 뭐가 됐든지 간에 뒤죽박죽 엉망이어도 다 겪어 내고 그 기억을 갖고 가자고 마음먹었어. 더구나 지금 여기서 난 진짜 나도 아니고. 스스로에게 다짐하듯 얘기했어. 뭐든 부담 가질 필요 없잖아? 이거 다 환상인데 뭐 어때!

"아야!"

"마, 니 축구부 아이가? 니 종 쳤는데 여기서 뭐 하노."

수업을 가던 선생님이 복도에서 날 보자 귀를 쭉 잡아당겼어.

"네네, 저 축구부예요. 축구부! 아, 아파. 이거 좀 놓으세요. 축구부, 축구하러 가야 되거든요!"

너무 아파서 선생님을 밀치고 곧장 운동장으로 달려 나갔어.

그리고 축구를 했지. 축구! 내가 축구를 다 했다니까. 평생 공한 번 안 차 보고, 월드컵도 안 보는 내가 축구를 했어. 공을 찼다고. 드리블을 했다고!

어느새 나는 축구부 아이들 사이에서 운동장을 신나게 뛰었어. 먼지바람이 일도록. 이건 정말 라이브 영상으로 남겼어야 했는데. 단독 드리블로 단숨에 문전까지 돌파해 찬스를 만들어 내고, 연이은 패스, 그리고 슈팅―!

여름을 찾아서

이름 모를 아이가 한 번 더 가볍게 공을 내주자 재빨리 난 뒤돌아섰지. 아, 이거 꽤 먼 거리인데? 하지만 본능적으로 발을 쭉 뻗었어. 강하게 슛—!

골대로 공이 빨려 들어갔어. 내가 축구를 했다고. 세상에.

경기를 마치고 숨을 고르며 물을 마시는데, 저만치에서 우림이가 걸어갔어. 아무 까닭 없이 그쪽을 향해 공을 찼어. 그리고 공을 쫓는 척 우림이에게 달려갔어. 눈이 마주쳤지만 정작 한마디도 못 했어. 공만 줍고 돌아왔지. 한심했어 내가. 여기까지 와서 뭘 하는 거지? 신나게 공만 차는구나 싶었어.

그때 누군가 다가와서 내 공을 툭 건들였어. 쳐다보니 허여멀건 얼굴에 안경을 쓴 녀석이 서 있었어. 누구지? 처음 보는 아이였어. 개가 대뜸 물었어.

"너 우림이 좋아하냐?"

뭐? 이 무슨 개뼈다귀 같은 소리냐는 말이 나오는 걸 간신히 참았는데, 이 녀석의 다음 말이 더 어이없었어.

"나 우림이 좋아한다. 우림이는 내 거다."

풉! 물을 마시는 중이었다면 얘 얼굴에 바로 물을 뿜었을 거야. 진정하고 녀석을 쳐다봤어. 네가 우림이를 좋아한다고? 그러니까 나를 좋아한다고? 저런 애가 우리 학교에 있었나? 도대체 어디서 툭 튀어나온 애인지 궁금했어. 아무리 봐도 처음 보는 얼굴이었거든.

"그걸 왜 나한테 말하지?"

"너도 우림이 좋아하는 줄 알았지. 너 우림이 막 따라다녔잖아. 우림이는 너한테 관심 전혀 없는데…."

"따라다닌 건 내가 아니라, 너 같은데."

"그건 그렇네."

그러고는 헤벌쭉 강아지처럼 웃었어. 봄날 우수수 떨어지는 꽃비를 보고 잔뜩 신이 난 개 같은 얼굴. 욕이 아니라 진짜 그랬어. 아마도 만약 내 친구 재희의 이모가 봤다면 이 모습을 한마디로 멍뭉미라고 했을걸.

"근데 너 진짜 우림이 좋아하는 거 맞아? 3학년 3반 이우림?"

내가 묻자 멍뭉미가 말없이 고개를 끄덕였어. 참 순수한 소년일세.

"이우림도 그걸 알고?"

"그건 중요한 게 아냐."

중요한 게 아니라니. 대체 쟤는 우림이를 알기나 하는 걸까? 최소한 어떤 사람인지는 알고서 좋아하는 건지 묻고 싶었어. 지금 질투하는 거냐고? 에이, 질투는 당연히 아니지. 어린 동생을 좋아하는 애를 본 오빠나 형의 마음에 가까웠지. 그래서 다시 물었어.

"넌 왜 우림이를 좋아하는데?"

"너부터 말해. 아까 내 말에 너 대답 안 했잖아. 우림이 좋아하냐고!"

"안 좋아해! 난, 우림이를⋯ 좋아할 수가 없⋯ 아니다. 됐다."

뭐라 더 자세히 설명할 수가 없었어.

"다행이다. 그럼 나 간다."

저만큼 가는 녀석을 뒤따라갔지.

"야, 너도 대답해 주고 가야지. 넌 우림이 어디가 좋은데?"

"그냥. 귀엽잖아."

다리에 힘이 풀릴 뻔했어. 축구랑 달리기를 그렇게 해도

여름을 찾아서

멀쩡하던 다리가.

"그, 그치. 귀엽지… 귀엽긴 하지."

"넌 아는구나! 나 고백하려고. 근데 요즘 우림이가 좀 안 좋아."

"안 좋아? 어디가 안 좋은데?"

"몰라. 나도 몰라. 말수도 적고, 얼굴도 어두워. 뭐 때문인지
물어봐도 대답을 못 해. 자기도 모른대."

그러면서 자기가 며칠 전에 한 실수 때문에 그런가 하고
혼잣말로 구시렁댔어.

"무슨 실수?"

"그건 말할 수 없어."

혼란스러웠지. 난 애랑 무슨 이야기를 하는 거고, 우림이한테는
도대체 무슨 일이 있었던 걸까. 그리고 앤 대관절 누굴까.
오리무중이었어.

"저기, 넌 이름이 뭐야?"

그러자 녀석이 팔에 걸친 교복을 말없이 올려 보였어. 이름표에
김민준이라는 글자가 보였어. 당연히 처음 보는 이름이었지. 물론
우리 학교에 김민준이란 이름을 가진 아이가 있었을 수도 있어.
하지만 내 기억에 나를 좋아한 김민준은 없어.

뭘까, 이 상황은. 의심스럽기도 했지만 왠지 흥미가 생겼어.
재밌잖아, 누군가의 첫사랑이라니. 김민준을 보고 있으니 평소
나답지 않게 마음 한구석에서 간질간질한 호기심이 꿈틀거렸어.

"김민준아, 나 부탁 하나만 들어주라. 내가 이제 얼마 안
남았거든?"

"얼마 안 남아? 너 혹시 죽어?"

"아니 그런 게 아니라, 이 학교에 한 사흘도 못 있는다고.

오늘까지 쳐도.”

“전학 가냐?”

“대충 비슷해. 며칠 뒤에 난 여길 떠나. 그러니까 그동안 네가
우림이와 있는 일, 나한테 다 얘기를 좀 해 줬으면 좋겠는데. 응? 전부
다.”

“내가 왜? 싫은데?”

부탁과 타이름의 중간 그 어디쯤 말투로 김민준에게 거듭
청했어.

“그럼 축구부, 넌 뭘 해 줄 건데?”

“우림이에 대한 모든 걸 너한테 얘기해 줄게!”

당연히 난 모든 걸 얘기해 줄 수 있지. 우림이의 과거든 미래든.

“내가 너보다 더 우림이를 많이 알 거 같은데?”

나 원 참. 이 멍멍이가 그러고는 절레절레 가 버렸어. 이런 걸
재희의 이모가 봤으면 아마 킹받는다고 했을 거야. 그런데 김민준이
몇 미터 가더니 걸음을 멈추었어. 뒤도 안 돌아보고 날 향해 한마디
했어.

“콜!”

6.

우림은 직원이 건넨 명함을 들여다보았다. 레미니스 로고
아래에 적힌 업무엔 뜻을 짐작하기 힘든 단어들이 영문과 한글로
길게 나열해 있었다. 직함 또한 생소하긴 마찬가지였다. 직원은
출퇴근 자율주행 자동차에 내장된 목소리처럼 감정이 전혀 실리지

않은 말투로 계속 설명을 이어 갔다.

"고객님, 그러니까 저희는 이 이슈를 시스템 소프트웨어 측면뿐 아니라 하드웨어적인 버그도 고려해서 검토 중입니다."

"하드웨어요?"

어울리지 않는 낱말의 조합을 듣자 우림이 되물었다.

"네, 이를테면 바닐라아이스크림 알레르기가 있는 폰티액 차나, 500마일 이내만 전송되는 이메일 같은 문제로 말입니다."

직원이 금속 테 안경을 고쳐 쓰며 설명했다.

"상당히 오래전 일이긴 합니다만, 한 가족이 새 폰티액을 끌고 아이스크림을 사러 갔습니다. 그런데 유독 바닐라아이스크림을 사서 나올 때만 시동이 걸리지 않았습니다. 다른 아이스크림을 고르면 아무 문제가 없었고요. 의아한 운전자는 제너럴 모터스에 정식으로 문의했죠. 엔지니어는 처음엔 황당하게 여겼지만 고객의 말은 전부 사실이었습니다. 시도해 보니 똑같은 현상이 생겼어요.

조사해 보니 바닐라아이스크림과 시동이 꺼지는 것에는 분명 상관관계가 존재했습니다. 그 가게는 제일 많이 팔리는 바닐라아이스크림을 늘 입구 쪽 쇼케이스에 두었어요. 덕분에 손님은 재빠르게 구입해서 나갈 수 있었죠. 바로 그게 문제였습니다. 시간 차이. 바닐라 맛을 고를 때만 시간이 짧게 걸려 당시 가솔린차에 엔진이 식을 여유가 없었어요. 이 때문에 베이퍼 로크 현상이 발생했고, 시동이 걸리지 않았던 겁니다. 흥미롭게 들리신다면, 비슷한 일을 몇 가지 더 소개해 드리겠습니다."

직원은 다른 사례를 더 들려주고 싶어 했지만, 우림은 강의를 듣고 싶지 않아 거절했다. 직원이 태블릿을 들여다보며 첨언했다.

"모든 일에는 원인과 결과가 있습니다. 우연은 없죠. 무심코 발생한 일도 자세히 들여다보면 다 연결돼 있습니다. 단지 그 인과관계를 몰라 마치 드문 우연처럼 느낄 뿐이죠. 버그나 오류가 생기는 일도 마찬가지고요. 아무튼 오늘 말씀해 주신 사항을 다 면밀히 고려해서 계속 조사해 보겠습니다. 시간은 좀 걸리겠습니다만. 혹시 더 궁금하신 게 있습니까?"

"여기서 일하신 지 얼마나 되셨어요?"

"레미니스 전신인 라쿠나 때부터 포함하면 아마 한 15년 정도 될 겁니다."

직원이 질문한 이유를 묻자 우림은 답했다.

"저 같은 사례가 있었나 해서요."

"제가 알기로는 처음입니다. 아시다시피 저희가 예전 라쿠나였을 적엔 기억 삭제가 주 서비스였습니다. 영화에도 등장했었죠. 워낙 옛날 영화라 들어 보셨는지 모르겠네요. 〈이터널 선샤인〉이라고. 아무튼 고객님 같은 케이스는 당연히 없었습니다. 소수가 부작용을 겪긴 했어도 말 그대로 사이드 이펙트, 부수 효과였지 오류는 아니었어요. 레미니스로 서비스가 전환되고 나서 몇 년이 채 안 되긴 했지만 이런 일은 처음이라 저희도 매우 중요하게 다루는 중입니다."

우림은 진지하다 못해 엄숙해 보이기까지 한 직원의 태도가 부담스러웠다. 비교적 가벼운 마음으로 알려 준 일이 차츰 커지고 심각해진다는 생각이 들었다.

"그렇군요. 말씀을 듣다 보니까요. 흔히 레미니스를 꿈에다 많이 비유하잖아요? 꿈에선 별의별 일이 다 생길 수 있다고 생각하니까, 제 경우도 뭐 대단한 일이 아닌 듯해서요. 전 정말 괜찮아요. 그래서 죄송하지만 굳이 수고스럽게 더 조사를 안 해도 될 것 같은데…."

우림은 겸연쩍은 웃음을 지어 보였으나 직원은 아무렇지 않은 얼굴로 반응했다.

"아뇨. 레미니스는 빅데이터와 개인 기억에 기반합니다. 황당무계한 꿈일지라도 이 역시 기억 즉, 일종의 경험 정보값을 넘어서진 못합니다. 꿈속에서 고급 스포츠카를 타 봤지만, 내부 계기판은 평소 타는 경차랑 똑같아서 씁쓸했다는 얘기 들어 보신 적 있죠? 스포츠카의 외양은 길에서 구경한 적 있으니 뇌가 재현해 냈지만 내부 디테일은 실제로 타 본 적이 없으니 한계였던 거죠. 꿈은 경험치를 능가하지 못합니다. 레미니스는 빅데이터와 이용자 정보에 개인의 기억이 조응해서 만들어지는 시스템이니 더욱 인과관계가 확실합니다."

뇌과학에서는 어떤 꿈이든 가능하다고 보듯이 레미니스에도 뇌 활동에 따른 다양한 결과물이 존재한다고 직원은 덧붙였다. 다만 우림의 일은 예외라고 판단했다. 데이터와 개인 기억 사이의 연결이나 싱크에서 오류가 발생한 건 아닌지 점검해 볼 예정이라고 했다. 우림은 몇 번 더 취소의 뜻을 내비쳤으나 소용없었다.

이쯤 되자 우림은 그대로 받아들이기로 했다. 하지만 직원의 기대처럼 의문이 해소될지는 의문이었다. 예전 같았으면 우림도 직원과 같이 인과성 법칙과 충분 근거율 신봉자 대열에 당당히 섰을 테지만 이젠 그마저도 회의적이었다. 언제부터인가 모든 현상에는 인과관계가 존재한다고 해도 원인을 다 찾거나 파악하는 일은 불가능하다고 여겼다. 우림은 속으로 되뇌었다. 현실이든 꿈이든 무슨 일이 벌어질지는 아무도 알지 못한다고. '일어날 수 없는 일'이란 없었다.

7.

　　운동장 너머로 해가 뉘엿뉘엿 지는 모습을 봤어. 시간이 참 빨라. 벌써 여기서 세 번째 보는 석양이야. 시간이 이렇게 후딱 흐르다니. 첫날에 시간이 참 안 간다고 말한 일이 새삼스러웠어. 이틀 만에 이렇게 마음이 바뀌다니.

　　시간이 빨리 흐른다고 느끼는 건 뭘까? 축구부 비품 창고에서 혼자 김민준을 기다리면서 생각했어. 그건 기억 사이에 틈이 많은 게 아닐까? 구체적으로 말하면 기억과 기억 사이에 빈틈이 늘어나 시간이 생략되는 거지. 틈이 많이 생길수록 시간의 속도가 빠르게 느껴지는 거야.

　　우리가 어릴 때는 시간이 참 안 간다고 여기지만 점점 나이가 들수록 세월이 참 빠르다라는 말을 입에 달고 살잖아. 이유야 여러 가지겠지만 무엇보다도 익숙함 때문일 거야. 어릴 적엔 처음인 경험이 많아. 10대 때만 해도 의미 있고 강렬한 처음이 얼마나 많은지. 비단 첫 키스뿐만이 아니야. 처음으로 가 보거나 하는 일이 가득해.

　　감탄의 시간 사이엔 빈틈이 끼어들 여지가 없어. 그런 순간은 대개 기억에 오래 남기 마련이야. 촘촘한 기억은 여러 감정의 색을 덧입혀 시간이라는 띠를 길고 풍성하게 만들어. 하지만 나이가 들면 점점 비슷비슷한 일상이 더는 특별하지 않고, 대부분의 경험은 당연한 일이 되어 버려. 감흥 없이 반복되는 자극은 기억되는 빈도도 점차 낮아지고. 시간의 띠가 줄어드는 거야. 결국 시간이 빨리 지났다고 착각하는 거지.

며칠 만에 나도 이곳에 익숙해졌나 봐. 그새 시간의 속도가 다르게 느껴진 걸 보면. 시간의 띠가 줄어든 거였어.

"냄새나. 여기."

김민준이 문을 빼꼼히 열고 들어오자마자 툴툴댔어. 자기는 개코라며 킁킁거리는 걔 데리고 곧장 밖으로 나갔어. 하늘을 올려다보며 물었지.

"뭐가 보여?"

"노을?"

특유의 천진한 낯빛으로 말하는데 거짓말 같진 않았어.

"저 하늘의 숫자는? 안 보여?"

"숫자? 너 머리에 축구공 맞았냐?"

아니었구나. 이 아이는 정말 아무것도 모르는구나. 아무래도 김민준이 수상해서 의심했었거든. 기억에도 없는 이 애가 혹시 다른 접속자거나 시스템 운영자이지 않을까 하고 말이야.

"우림이랑 있었던 얘기 해 달라며. 안 들을 거면 나 간다."

가려는 김민준의 가방끈을 바로 붙잡고 창고로 들어가 주저앉혔지. 주머니에서 캔 음료를 꺼내 빨대까지 꽂아 대령했어.

"들을 준비 완료. 말씀하시죠, 선생님."

"오늘 창체 있는 날이었거든."

"창체? 아, 창의적 체험 활동. 진짜 오랜만에 듣는다. 내가 무슨 반이었지?"

"응? 축구부도 창체 해?"

"아, 아니다."

"우림이랑 난, 같은 '생태와 원예'반이거든."

그랬었어. 생태와 원예반은 신청자가 거의 없어서 몇 명이 채 되지 않던 활동 반이었어.

"오늘 수업에서 샘이 동영상을 틀어 줬어. 그거 알아? 식물도 사람을 다 인식한대. 눈은 없어도 사람 다 구별하고. 신기하지? 영상에서 누가 식물 잎에다 신경계인가 뭔가 장치를 연결해 줬거든? 그러니까 자기를 괴롭히던 사람이 오면 식물이 요동쳐. 대박이지? 화분이 막 움직일 때, 나 소름 돋았어. 그 동영상 너도 꼭 찾아 봐."

"이봐, 학생. 내가 지금 수업 내용을 듣고 싶은 게 아니라. 우림이랑 뭐 했냐고."

"그 영상 보고 난 뒤 샘이랑 다 같이 나갔어. 별관 뒤에 우리들이 지난번에 심은 브로콜리랑 케일이 있거든? 밭에 가서 잡초도 뽑고 물도 주고. 아, 그리고 이름 팻말도 심어 줬다."

별일도 아닌 걸 민준이는 신이 나 시시콜콜 얘기해 댔어. 저 아이의 시간의 띠에는 분명 빈틈이 별로 없을 거 같았어.

"팻말 심다가 우림이한테 말했어. 조금 전에 우리가 보고 나온 동영상 있잖아. 그거처럼 얘네도 우리가 물 주고, 이름도 붙여 줬으니까 나중에 우리를 알아볼 것 같지 않냐고."

"그랬더니 우림이가 뭐래?"

"아무 말도 없었어. 우두커니 서서… 그게 좀 뭐랄까… 어두웠어. 얼굴을 보니까 뭔가 바로 울 듯한 표정을 지었어."

한 감수성 하던 중학생이었지만 난 브로콜리를 보고 운 기억은 없었어. 아니라고 말하고 싶었는데 민준이가 이야기를 이어 갔어.

"그래서 나도 가만히 우림이 곁에 서 있었어."

마치 내 눈앞에 민준이와 우림이 두 사람의 모습이 그대로 보이는 듯했어.

여름을 찾아서

8.

민준이가 들려준 우림이 이야기

텃밭에 심은 작물을 보며 민준이가 우림이에게 다정하게
말했다.

"우림아, 얘들도 나중에 우릴 알아볼까? 아까 샘이 보여 준
거처럼 얘들도 우리가 오면 우리 강아지처럼 막 반길까?"

"강아지?"

우림이가 물었다.

"응. 전에 우리 같이 산책도 했는데 기억 안 나? 얘네들도 물 주고
아껴준 우리를 강아지처럼 기억해 줬으면 좋겠다. 우리가 오면 막
꼬리를 흔들지는 못하겠지만."

민준이의 얼굴엔 환한 웃음이 번졌다. 우림이가 담담하게
물었다.

"그럼 식물도 슬픔을 알까? 눈물을 흘릴까?"

"음… 글쎄. 식물도 감정을 느낀다고 했으니까 슬픈 게 뭔지도
알지 않을까?"

민준이가 우림이를 바라봤다. 짙은 우수의 그림자가 우림이의
얼굴에 드리웠다.

"식물도 감정을 느끼며 안다는데, 나는 그게 뭔지 모르겠다.
그러지 못한다. 그래서 답답하다. 짜증 나고. 나 있잖아, 뭔가 슬프긴
한 건 분명한데… 안 슬프다."

민준이는 그 마음이 어떤 건지 정확히 이해는 못 했지만
안쓰러웠다. 무슨 일 있냐고 조심스럽게 묻자 우림이가 답했다.

"내한테 무슨 일이 있었던 건 확실한데, 아무리 생각해 봐도 모르겠다. 차라리 알고서 눈물이나 펑펑 흘렸으면 좋겠는데. 근데 눈물도 안 난다."

그 말을 들은 민준이의 마음은 어쩐지 허전했다. 아무 말 없이 민준이는 우림이의 팔을 가볍게 어루만져 주었다.

다음 자율 수업 시간. 민준이는 노트 귀퉁이를 찢어 쪽지에 뭔가를 적었다. 그리고 옆 친구에게 건넸다. 그 친구는 다시 앞에 앉은 친구에게 건네고, 그 친구는 다시 옆 친구에게 전달하고, 전달, 전달.

톡톡. 뒤에 앉은 아이가 우림이의 등을 가볍게 두드렸다. 쪽지가 도착했다. 우림이는 얼른 열어 확인했다.

"이야기, 옥상, ⬆"

종이에는 민준이의 사인과 함께 암호 같은 단어가 적혀 있었다. 암호치고는 엄청나게 어려워서 누가 봐도 귀여울 지경이었다.

수업이 끝난 뒤, 학교 옥상의 빼곡한 태양광 패널 사이로 누군가의 발걸음이 보였다. 우림이였다. 옥상 제일 안쪽 깊숙한 구석까지 들어갔더니 탁 트인 곳이 나왔다. 가장 구석인데 탁 트였다니. 참 모순된 공간이었다. 누구의 눈에도 띄지 않을 장소였다. 기다리고 있던 민준이가 우림이를 보자 다가왔다. 둘은 나란히 피뢰침처럼 섰다. 민준이가 망설이다 조심스럽게 입을 떼었다.

"이야기."

우림이가 민준이를 쳐다보았다.

"있잖아, 이우림. 너한테 무슨 일이 있었는지 모르지만, 이야기하면 나아지는 게 있대. 답답할 때마다 너, 여기 올라와.

여름을 찾아서

그리고 나한테 이야기해. 그러면, 아마도… 그러면 괜찮지
않으려나."

준비한 말인 듯했다. 다른 친구들이 들었으면 멋 부리려고
서울말 쓴다고 민준이를 또 놀렸을지도 몰랐다. 우림이는 다 듣고선
멍한 표정으로 말했다.

"이야기할 게 없다, 나는. 민준아 니, 가슴에 뭔가 구멍이 나서
거기서 짠물이 막 새어 나오는 거 같은 느낌 아나? 되게 시리고 쓰다.
근데 그 구멍이 도대체 어디쯤에 있는지 통 모르겠다. 내 몸이고 내
마음인데 내가 모르겠는 거, 그게 진짜 찝찝하고 정말 미치겠다."

그 말을 듣자 민준이는 안타까웠다. 아무 소용 없는 괜한
소리를 했구나 싶어 후회스러웠다. 민준이는 뭐라도 수습해 보고자
했다. 무슨 말을 해야 할지 몰라 막막해서 멀찌감치 운동장을
내려다보는데 축구부 아이들이 달리는 모습이 보였다.

"아니면, 아니면 말이야… 그냥 달려. 그래, 달려!"

운동장을 뛰는 아이들을 봐서 그랬을까. 민준이는 무슨
생각에서였는지 몰라도 떠듬거리며 말을 이었다.

"달리면 땀이 나오잖아. 네 가슴속 짠물을 땀으로 내보내는
거야. 눈물이 안 나오면 땀이라도 흘리면 되지 않을까? 눈물도
짠물이지만, 땀도 똑같이 짠물이잖아."

그 말에 우림이가 피식거렸다. 터무니없는 궤변같이 들렸지만
생각해 보면 어딘지 또 그럴싸했다. 저 멀리 시선을 두며 호응했다.

"저어기. 저기도 소금물. 똑같은 짠물이다."

민준이의 눈길이 우림이의 시선을 따라갔다. 바다가 보였다.

학교 옥상에서는 바다를 볼 수 있었다. 하지만 이를 알거나 본
애들은 거의 없었다. 건물 꼭대기에 올라와 딱 이곳에 서야만 도시의

빌딩 사이로 보이는 귀하디귀한 풍경이었다. 민준이의 시야에도 매끄러운 윤슬에 더없이 푸른 수평선 한 조각이 들어왔다.

　　"그러네. 다 같은 짠물이네. 그럼 저건 지구의 땀인가? 아니면… 육수인가."

　　민준이의 갑작스러운 개그인지 비유인지 모를 말에 우림이의 입꼬리가 올라갔다. 이 얼마 만에 우림이가 웃는 걸 보는 건지. 민준이는 헤아려 봤지만 아무래도 좋았다. 민준이도 우림이를 따라 미소 지었다. 빛나는 태양광 패널 사이로 두 소년이 바다처럼 웃었다.

　　계단을 내려오자 둘은 누가 먼저랄 것도 없이 달리기 시작했다. 민준이는 우림이랑 뛸 수 있어서 마냥 좋았다. 우림이는 신기했다. 땀을 닦으며 민준이의 말이 진짜라고 느꼈다. 아까보다 마음이 조금은 가벼워진 것 같았다.

　　9.

우림의 레미니스 셋째 날

남은 시간: 35H:42M:09S

　　민준이가 전해 준 이야기를 다 들었어. 옥상에서 우림이와 있었던 일. 분명 내가 주인공인 이야기인데 동시에 다른 사람의 이야기이기도 했어. 혼란스러웠지. 내 기억에도 없는 존재가 내 기억에도 없는 일을 저렇게 꾸며내며 말하는 게 과연 가능할까. 민준이의 이야기는 어디까지가 사실일까.

여름을 찾아서

듣는 내내 장면을 상상하는데 마치 내가 겪은 과거 같기도 했어. 지금은 지수인 내가 떠올리는 우림이는 내 과거일까 아니면 전혀 다른 남일까. 그는 나의 기억일까, 아니면 상상일까. 과거와 현재, 기억과 상상, 나와 타인. 이런 상충하는 마음이 이어지자 옅은 현기증이 일었어.

"학생. 너 내일도 이 시각에 와."

내 말이 끝나기도 전에 민준이가 먼저 일어났어.

"안 돼. 나 매점 해야 해."

창고 바닥에 놔둔 가방을 툭툭 털며 말했어.

"매점? 우리 학교에 매점 없었던 거 같은데."

"자치회에서 내일만 해. 하루 매점. 축구부, 너도 놀러 와."

"아니, 대체 너 활동을 몇 개나 하는 거야!"

민준이를 보내자마자 난 곧장 옥상으로 올라갔어. 과연 바다가 보였어. 처음 보는 풍경이었지. 10년이 훌쩍 지나서야 이 사실을 알게 되다니 얄궂기도 했어. 어둑해진 저녁 바다가 반짝이는 불빛에 아른거렸어. 저 멀리 보이는 지구의 빛나는 육수를 보고 둘이서 웃은 거구나.

웃는 우림이의 모습을 상상해 봤어. 참 이상했지. 웃는 내 얼굴이 가물거렸어. 보통 웃을 때 거울을 보지는 않잖아. 따로 거울 앞에서 억지로 짓는 표정이 아니라면. 사진에 찍히지 않는 한 내가 보는 나의 진짜 웃는 모습이란 참 드물지. 아까 창고에서 민준이와 헤어지면서 나눈 대화가 귓가에 계속 맴돌았어.

"넌 걔가 왜 좋은데?"

나도 민준이한테 차마 내 이름까지 부르며 묻진 못했어.

"냄새가 좋아."

냄새라니. 이런 괴상한 애를 어떻게 내가 여태 몰랐을까.

"저기… 변태 학생. 우림이는 냄새가 안 나."

"나거든. 우림이 특유의 냄새가 있어."

"무슨 냄새?"

"뭐랄까, 아기 냄새?"

"무슨 아기 냄새가 나?! 중학생 남자애한테서. 너 진짜 변태 아냐?!"

더 웃긴 건 내가 저절로 킁킁거렸다는 거였어. 반사신경처럼 혹시 나한테 무슨 냄새가 나나 싶어서 그랬어. 내가 생각해도 바보 같았지.

"농담이고. 난 우림이 뒤통수가 좋아. 걔 뒤를 보는 게 좋아."

기가 막혔지. 이 변태가 뒤통수를 말할 줄이야. 난 뒤통수 콤플렉스가 있었어. 뒷머리가 절벽처럼 납작하거든. 두상이 뒤까지 입체적으로 둥글둥글한 아이들을 보면 그렇게 부러울 수가 없었어. 부모님은 내가 아기 때 너무 순하게 잘 자서 그렇다고 했지만 말이야. 이제 와서 아기 키울 때 머리를 좀 수시로 돌려놓으시지 그랬냐고 원망할 수도 없는 노릇이잖아.

옥상에서 조금 전 일을 회상하며 히죽거리는 내 모습이 스스로 공연해서 웃음이 새어 나왔어. 추억 속 세상에서 또 추억을 하는 중이라니. 건물 사이로 멀찍이 보이는 바다를 마음에 담듯 오랫동안 바라보았어. 누군가를 기다리는 마음으로 옥상에 조금 더 머물렀지. 내려오는데 물기 어린 바람에 비릿한 내음이 콧속으로 훅 스며들었어. 그동안 쭉 인식하지 못한 바다 냄새였어. 이 냄새도 이제야 비로소 깨달았네.

계속 생각이 났어. 뒤통수란 말이. 하여간 웃겨. 김민준. 알 수

여름을 찾아서

없는 녀석이야. 뒤통수라니. 정말 황당했어. 그런데 자꾸 떠올라. 김민준의 얼굴. 아까 말할 때의 눈이 잊히지가 않아. 뭐랄까. 그건 진심이었어. 정말 누군가를 좋아할 때 짓는 눈빛이었어. 난 원래 이런 거 잘 구별 못 해. 하지만 진짜였어.

사실 난 사랑 안 믿어. 내가 로맨스 영화를 좋아하는 이유가 사랑을 안 믿어서야. 귀신의 존재를 진짜로 믿는 사람은 호러 영화는 무서워서 못 보잖아. 난 사랑을 안 믿으니까 영화나 드라마 속 가공의 사랑을 보는 걸 좋아해. 내겐 판타지거든. 아무리 무서운 공포 영화도 재밌게 즐기는 이유가 다 그런 거야. 피 튀기고, 놀라게 하고, 온갖 괴성과 끔찍한 게 나와도 그건 다 가짜니까. 일체가 만들어 내고 지어낸 거니까 미학 자체로서 흥미로운 거야. 딴 이유가 아니라 내게는 사랑도 러브 스토리도 그래서 관심이 가는 거였거든.

별안간 심각해졌어. 조금 전 창고 앞에서 마지막으로 본 민준이의 모습이 머릿속에서 무한 반복 재생됐어. 음 소거 모드로 민준이의 눈이 계속 깜빡거리는데 미칠 지경이었어. 큰일이야. 그런 눈빛은 처음 봤어. 쇼펜하우어가 살아서 봤다면 사랑은 없다던 그 사람도 자기 말을 철회하고 싶은 마음이 들 게 분명했어.

사라지지가 않았어. 민준이의 눈빛. 그만 생각하자, 정지수. 고개를 들어 구름 사이로 줄어드는 시계의 숫자를 따라 세어 봤어. 우리 집 월세 내는 날이 며칠 남았지? 여기 오기 전에 주가가 몇이었더라? 숫자, 숫자를 떠올렸어. 그런데도 새파란 숫자 사이에 민준이의 눈빛이 끼어들었어. 다시 숫자를 생각하자. 도로에서의 끼어들기 금지 위반 범칙금이 얼마였더라. 그래도 녀석이 숫자 사이를 비집고 들어왔어. 돌연 길을 잃은 듯한 기분에 휩싸여 혼란스러웠어.

　뒤통수. 나도 우림이의 뒷모습을 보기 시작했어. 생각해 보니 내 뒤를 한 번도 본 적이 없었어. 누구든 자신의 뒤를 제대로 볼 수가 없지. 여기서 내 뒤를 똑바로 보게 되다니. 지구의 모습을 지구 밖에서 처음 보는 우주인이 된 기분이었어. 거창한 표현 같지만 뒷모습이란 게 그렇게 신비했어. 뒤에도 표정이 있었어. 볼 때마다 달랐어. 어느 땐 내가 내 뒤를 보는 건지 내 마음을 보고 있는 건지 헷갈리기도 했어.

　잠시 우리 집에 가 봤어. 여기서는 우림이네 집이라고 해야 하려나. 아무튼 들어가 보진 못하고 담벼락에서 한동안 서성였는데 안에서 고소한 냄새가 풍겨 나왔어. 뭔가 친숙한 냄새였는데, 뭐라고 표현해야 할지 모르겠어. 밥 짓는 냄새와 비슷하긴 한데 또 다르고, 약간 눅눅해진 누룽지 향 같으면서도 콤콤한 향. 계속 맡고 싶어지는 게 중독성이 있었어. 마침 지나는 사람이 없어서 다행이었지. 남의 집 앞에서 몰래 냄새를 맡고 있는 내 모습을 누가 봤다면 변태로 오인했을 거야.

　우림이네 집에 들어가 보지는 않았지만 보나 마나 아무도 없어. 누나는 학교에 있고, 엄마 아빠는 저녁 늦게야 돌아오니까. 평소 본가에 잘 가지도 않는데 굳이 여기서, 게다가 이런 모습으로 빈집에 들어가고 싶진 않았어. 동네 근처 골목을 하릴없이 좀 배회하다가 다시 학교로 갔어. 아무래도 지금 내게 제일 편한 곳은 거기였어. 나도 어쩔 수 없는 학생이었지.

　배가 출출했어. 아직 점심시간은 멀었나. 오늘 급식 메뉴는

여름을 찾아서

뭘까 궁금했지. 돈가스가 나왔으면 좋겠다. 어제는 제육이었으니까.
평소엔 잘 먹지 않는 메뉴인데, 당기는 걸 보니 이상했어.

식생활관에 미리 줄을 서려고 지하로 내려가는데, 익숙한 뒷모습이
보였어. 우림이였어. 옆에는 민준이도 있었어. 나도 모르게 걔들을
따라갔지. 어딜 가는 걸까. 건물에서 나가더니 체육관 뒤로 가는
듯했어. 담배라도 피우려는 건가.

　뒤편 축대에서 민준이가 주변을 두리번거리더니 주머니에 손을
넣었어. 학교 주위를 늘 어슬렁거리는 길고양이 한 마리가 보이자
우림이가 손짓했어. 민준이가 주머니에서 캔을 꺼내 뚜껑을 따
고양이 앞에 조심스럽게 두었어. 그러자 어디선가 다른 고양이 두
마리도 나타났어. 그중에 독특한 얼룩을 가진 고양이는 통조림은
관심도 없는지 쪼그려 앉은 우림이랑 민준이의 다리 사이를 오가며
기대듯 비벼 댔어. 아기 같은 울음소리도 냈는데 마치 쓰다듬어
달라고 보채는 거 같았어.

　난 이 모습을 멀리서 지켜만 봤어. 다른 고양이도 밥을 다
먹었는지 낙엽에 몸을 뒹굴며 장난을 쳤어. 고양이를 보며 두 아이는
웃었어. 하지만 난 웃을 수 없었어. 우림이 쟤는 괜찮나 걱정했지.
우림이는 고양이 알레르기가 있거든.

　부서지는 가을 햇살 아래에서 엽서 같은 풍경을 보면서 난
나대로 마음이 심란해졌어. 둘 사이는 이뿐만이 아니었어. 아까 그건
시작에 불과했어. 둘은 쉬는 시간마다 틈나는 대로 알뜰살뜰하게
산책도 하고, 캐치볼도 했어. 난 어이가 없었지. 학교에 공부하러 온
건지 시시덕거리며 연애하러 온 건지 모를 노릇이었어.

　청소 시간엔 또 얼마나 가관이었는지. 둘이서 화장실 청소를
하는데, 호스로 물을 뿌리면서 옛날 뮤직비디오에서나 보던

물장난을 쳐 댔어. "우리나라는 유엔이 지정한 물 부족 국가야!"라는
소리가 목구멍까지 올라왔지만 내가 교감 샘도 아니고 관두었어.
당장에 달려가서 혼을 내고 싶었지만 막상 그럴 용기는 안 나서 꾹
참았어.

　　괜스레 답답한 마음에 이 몸을 이끌고 혼자 운동장 구석으로 가
축구공만 계속 걷어찼어. 애꿎은 공만 콘크리트 옹벽에 부닥쳐 뼁뼁
메아리처럼 울렸어. 공을 차다 보니 민준이가 방과 후에 하루 매점을
한다고 했던 말이 떠올랐어. 안 가 볼 수가 없었지. 공을 들고서
매점을 한다는 식당 쪽으로 가 봤어. 입구 쪽 계단으로 내려가는데
멀리서 봐도 사람이 거의 없었어. '이웃 돕기 하루 매점'이라고 써진
플래카드 비용도 못 건질 거 같은 행사였어. 딱 봐도 망한 이벤트.

　　근데 우림이도 거기 있는 거야. 쟤는 왜 여기 있지? 우림이는
학생회도 아니거든. 넌 여기서 뭐 하냐고 묻고 싶었지만 그러진
못하고 못마땅하게 쳐다만 보면서 다가갔지. 매점엔 파리만
날리고 있었어. 그냥 하는 말이 아냐. 진짜 파리가 날아다녔다니까.
세상에나.

　　그래도 자선 행사니까 선의로 뭐라도 사 줄까 했어. 매점 앞에서
헛기침을 하며 기웃댔지만 둘 다 아무런 반응이 없었어. 냉장고에서
콜라를 하나 꺼내서 계산했어. 그런데도 우림이와 민준이는 나와
보지도 않았어. 둘이서만 매점 안에서 과자를 먹고 있었어.

　　고작 과자라면 내가 이렇게까지 짜증 나진 않았을 거야.
우림이가 스낵 하나를 집어 민준이의 입에다 넣어 주는 모습을
보고야 말았어. 다른 사람들이 주변에 있는데도 저런 짓을 하다니.
도저히 용납이 안 되었어. 세상에, 저런 짓 난 딱 질색이었거든.
누구한테 먹여 주는 것도, 누가 나한테 그러는 것도 다 싫어했어.

여름을 찾아서

우림이가 민준이의 머리까지 쓰다듬는 것도 목격했어. 머리는 왜 쓰다듬어 주는 건데 정말. 그게 사람이 사람한테 할 행위냐고. 동물은 몰라도 손으로 타인의 머리를 쓰다듬는 건 금지!라고 당장 경고문을 써 붙이고 싶었어. 정말 더는 눈꼴시어 못 보겠어서 고개를 돌렸어. 누가 더 못마땅하고 그런 게 없었어. 둘이 똑같았어.

나도 참 나였어. 계속 둘을 쫓아다니면서 양냥거리는 꼴이라니. 스스로 생각해도 크리피하고 창피했지. 내가 뭘 하는 중인지 나도 내가 갑갑하고 생경했지만 한편으로는 어쩔 수 없었어. 몸이 마음을 따라갔어. 열다섯의 신체가 열다섯의 마음을 만들었어. 마음이 몸을 움직이는 게 아니라 몸이 마음을 움직이는 거더라고. 아니, 몸이 그냥 마음이었어. 몸이 처음이니 마음도 처음이었어.

안에 있는 우림이와 민준이 둘 다 들으라고 일부러 크게 한숨을 쉬면서 무어라고 말했는데 둘은 날 본척만척 신경도 안 썼어. 나 혼자 씩씩 뿔이 났지. 모르겠다. 안으로 들어가 꽁냥거리며 붙어 있는 둘 사이에 공을 집어넣어 억지로 떼어 놓았어. 둘이 마치 한 몸처럼 놀라서 날 쳐다보길래 곧장 매점을 나와서 운동장으로 달려 나갔어.

그리고 축구를 했어. 축구. 나는 축구부였으니까. 축구, 축구, 축구! 공 차는 일 말고는 아무것도 할 줄 아는 게 없는데 내가 무얼 했겠냐고. 나 정지수는 그냥 축구용이었어. 놀라운 만큼 그 누구도 내게 관심을 주지 않았어. 내가 봐도 정지수, 내 모습이 딱했어. 가장 아끼는 우림이한테는 말도 제대로 못 붙여, 누구처럼 상냥하게 대할 줄도 몰라, 생각할수록 서글펐어. 세상에서 우림이를 제일 잘 안다고 믿었는데 정작 내가 제일로 몰랐어. 정말 난 축구밖에 할 줄 몰랐어.

연습 경기를 했지만 오늘따라 내 몸 같지가 않았어. 늘 가뿐하던 팔과 다리는 다 어디로 간 거야. 도무지 발이 나아가질 않고 내

뜻대로 안 움직였어. 킥은 물론 패스도, 돌파도 전혀 안 되었어.
공이 문제일까. 축구공이 둥근 게 아니라 정육면체처럼 느껴졌어.
이런 일이 있을 수가 있나. 공간이 전혀 안 만들어지고 연결도 툭툭
끊겼어. 다른 아이가 가까스로 운 좋게 기회를 살려 보려 했지만
득점에 계속 실패했지. 모두 다 내 탓 같았어.

"정지수, 집중해 집중!"

축구부 아이들의 목소리가 전혀 귀에 들어오지 않았어. 지금
날 지배하는 이 감정이 뭔지 도무지 모르겠어. 열다섯 힘들다,
힘들어. 아까는 질투였을까? 질투라면 누구를 질투하는 거였을까.
우림이였을까, 민준이였을까. 도통 알 수가 없었어. 나도 내 마음을
몰라서 마냥 내달렸어. 민준이가 했던 말처럼 땀을 많이 흘리면
뭐라도 조금 가뿐해질까 싶었지.

"야, 정지수 너 어디 가!"

교문을 나올 때 '왠지 축구부 주장'의 고함 소리가 어렴풋이
들렸어. 난 앞만 보고 계속 달렸어. 숨이 턱 끝까지 차도록 오랫동안
뛰었어. 정신을 차려 보니 어느새 학교에서 멀리 떨어진 도로
한복판에 서 있었어. 주위로 차들만 속도를 내며 무심하게 지나가고
있었지.

다리에 힘이 풀려 터벅터벅 걸을 수밖에 없었어. 다시 학교에
도착했을 때는 운동장에 아무도 없었어. 몸이 자연스럽게 건물 뒤로
향했어. 텃밭에서 발걸음이 멈추었어. 두 녀석이 심은 브로콜리인지
뭔지가 보였지.

"JUNE."

발아래 푯말에 적힌 이름을 따라 읽었어. 영락없는 우림이의

손 글씨였어. June? 6월? 왜 6월이라고 썼을까. 의문스러웠지만 이건
6월이 아니라 민준이의 '준'일지도 몰랐어. 그렇다고 생각하니 맥이
풀렸어. 갑작스럽게 내 몸에만 중력이 두 배쯤 작용하는 듯했어.
피로감이 몰려와 온몸이 느른해졌어.

비실비실 걸어서 근처의 한갓진 벤치를 찾아 잠시 몸을 뉘었지.
드러누워 눈을 감고서 바닥과 나를 수평 상태로 만드니 꼭 땅에
묻힌 기분이었어. 얼른 눈을 떠 허공을 쳐다봤는데, 잔뜩 흐린 구름
사이로 거대한 숫자들이 보였어. 순간 멈칫했지. 저 시계를 완전히
잊고 있었거든. 그러고 보니 오늘 처음으로 하늘을 올려다보는
거였어.

저 숫자를 맞대하고 나서야 다시금 자각했지. 여기가 레미니스
안의 세계인 걸. 시시각각으로 변화무쌍하게 움직이는 열다섯 살
지수의 몸과 마음에 이끌려 다니다 보니 어느덧 현실을 잊었어.
아니, 믿었어. 이곳이 진짜 현실이라고 믿었다는 말이 더 맞는
표현일 거야. 저 잿빛 구름만큼이나 어느새 나의 경계가 흐릿해진
듯했어. 겨우 며칠 사이에 나 자신을 완전히 지수로 착각하다니
헛웃음이 나왔어.

서른 넘게 살아온 내가 우습게도 열다섯에 점령당해 버렸어.
이 세상에서 제일 견고한 게 자아라고들 하는데 그건 사실 별것
아니었지 뭐야. 나를 잊는다는 건 생각보다 어려운 일이 아니구나.
반대로 나를 지키는 건 참 어렵고. 여기서 진짜 나는 없는 것 아닐까.
어쩌면 모두가 나이고.

아, 다 됐고. 한바탕 비라도 내렸으면 좋겠다. 비가 오면
시원하게 몸소 맞아 줄 텐데. 허공에 대고 힘없이 중얼거렸어. 비야
내려라. 비야 쏟아져라.

"축구부, 여기서 뭐 하냐?"

눈을 떠 보니 준, 아니 김민준이 날 내려다보고 있었어.

"매점은 끝났냐? 얼굴 좋아 보인다, 너. 아까 보니까 꿀이 뚝뚝 떨어지던데. 한다는 고백은 했냐?"

안 그러려고 했는데 녀석의 얼굴을 보자 나도 모르게 이기죽거렸어.

"아직. 못 했어."

"왜?"

"두려워서. 고백하면 멀어질까 봐."

그렇게 민준이가 고백을 하며 내 옆에 앉았어.

"어리구나 아직. 하긴 서툰 고백은 과유불급이지. 시기상조야."

"상조? 무슨 의미야?"

민준이가 생각보다 똑똑한 애는 아니었어. 대충 얼버무리려고 했는데 민준이가 나지막이 말했어.

"실은 전에 내가 우림이한테 실수한 적이 있어서 조심스러워. 우림이 눈치를 보다가, 준비가 되면 하려고."

민준이를 처음 본 날에도 실수 얘기를 잠깐 꺼냈던 게 기억났어. 도대체 무슨 실수를 했는지 물었어. 민준이는 잠시 주위의 눈치를 살피더니 순둥순둥한 얼굴로 속삭였어.

"뽀뽀…."

"그럴 리가."

"쉬는 시간에 우림이가 엎드려서 자는 걸 쳐다보다가 나도 모르게. 진짜 살짝 했는데, 우림이가 눈을 뜨고는 다시 아무 일 없다는 듯 자더라? 부끄러워서 난 도망갔어. 나중에 사과하려고 했는데, 근데 그게 그렇게 됐어. 너 이거, 절대 비밀이다."

여름을 찾아서

떠듬거리듯 말해 놓고 저도 민망한지 옷깃만 만지작거렸어. 절대 그럴 리가 없었어. 차마 민준이한테 네가 아니라 정지수인 내가 우림이의 첫 키스 상대였다고 말하지는 못했어. 그러니까 지금이 아니라 1년 뒤, 미래의 기억에서 지수는 우림이와 입을 맞추게 된다고. 그래도 너무 낙심하지는 말라고, 한 계절이 채 끝나기도 전에 축구만 잘하던 지수는 상처를 주고 네가 좋아하는 우림이 곁을 떠난다고 아니 떠났다고 횡설수설할 수는 없었어.

고개를 숙인 채 민준이에게 하고 싶은 말을 속으로만 삼켰어. 민준아, 그래도 우림이는 지수 덕분에 많은 걸 경험할 거야. 사랑이라는 들뜬 감정도, 그 이후의 아픔도. 그리고 종국엔 이 모든 유치한 일이 결국은 시시하고 별일 아니었다는 사실도 깨달아. 시간이 좀 걸리긴 할 테지만 말이야. 앞으로 올 미래이지만 동시에 지난 과거에.

민준이가 뭔가 생각났는지 따지듯 물었어.

"맞다, 너 떠나기 전에 나한테 우림이에 대한 모든 걸 얘기해 준다고 했잖아."

"그랬었나."

되게 어설프게 발뺌을 했는데도 녀석은 성을 내지 않았어.

"근데 축구부, 넌 어디 가는데? 축구 유학 가?"

"아니."

"좋겠다, 넌. 운동도 잘하고. 들었어, 집도 잘산다며?"

"아니야. 나 아무것도 아냐. 사실 축구도 별로 못해. 재수 없게 듣지 말고. 이건 진심이야. 미래에서 내가 봤거든."

미래라는 말에 민준이의 눈동자가 커졌어.

"미래? 미래에서 뭘 봤는데?"

"아, 그게, 봤다기보다… 실은 기억이 좀 있어. 말하자면 미래의 기억. 대단히 멀리까진 아니고."

"미래에 대한 기억이라니. 오, 축구부치곤 낭만적인데? 우림이의 미래에 대한 기억도 있어?"

"있지. 아주 많이."

그래서 앞으로 우림이가 겪을 이런저런 일을 회상하며 민준이에게 알려 주었어. 다 지나온 일인데 어느 일은 미래처럼 아득하고, 어떤 일은 지금같이 선명했어. 과거를 내다보는 건 가능한 일이었어. 미래를 돌아보는 일 역시 불가능하지 않았어. 이 순간만큼은 모든 가능한 시간이 지금에 연결돼 있었어.

내게는 새로울 것 없는 우림이의 미래인데 이야기를 듣는 민준이의 표정이 경이로웠어. 그래서인지 보는 나도 가슴이 조금 뭉클해졌어. 민준이가 이야기를 다 듣고는 가만히 물었어.

"우림이는 그러면 행복해? 나중에?"

행복이라. 그 질문에 쉽게 답하진 못했어. 민준이는 이것저것 계속 질문했어. 커서는 우림이가 어디에 사는지, 누구랑 지내는지, 뭘 하며 지내는지 등등.

"좋아하는 게 또 뭐 있어? 주말엔 뭐 해?"

"음, 달리는 걸 좋아했어."

"달리기? 그때도 눈물 나올 일이 많나."

"아냐. 근데 네 이야기를 들어서 그런지는 몰라도 정말 뛰는 걸 좋아했어. 하프 마라톤도 참가할 정도였으니까."

마라톤 얘기가 나오자 민준이는 더욱더 궁금해했어. 그래서 최근까지 참가한 대회를 얘기해 줬어. 2년 전 마지막으로 뛰었을 때의 기록도 자랑했지. 1시간 52분 45초.

여름을 찾아서

"마지막?"

민준이가 되물었어. 내가 마지막이라는 수식어를 붙인 이유를 알고 싶어 했지. 잠시 망설이다가 그때 일을 들려줬어.

"그게… 작년에 한 하프 마라톤 대회를 나갔는데, 평소보다 많은 사람이 참가했는지 아침 일찍부터 출발지에 인파가 가득했어. 대기 현장은 사전 행사랑 광장 근처의 다른 이벤트가 겹쳐서 그날따라 더 복잡했지.

우림이가 속한 C조는 예상보다 늦게, 한참 뒤에야 출발했어. 출발 신호가 울리고 다들 내달렸는데, 별안간 누군가 넘어졌어. 그리고 곧 뒤따라오던 한두 명이 차마 피하지 못하고 앞으로 고꾸라졌어. 몇 명뿐이었지만 순식간에 동선이 엉키면서 우왕좌왕이 됐어. 다행히 곧 수습과 정리가 이루어지긴 했어.

근데 참 알 수 없는 일이지. 우림이가 뛰는데 이상하게 발걸음이 무거워지는 거야. 숨도 고르게 쉬어지지 않고 점점 가빠 왔어. 땀이 이미 흐르고 있었는데도 갑자기 식은땀이 삐질삐질 났어. 다리가 저릿해서 몇 번이나 멈칫거렸어. 금세라도 쓰러질 듯이 어지러워 결국 자리에 주저앉아 버렸지. 운영진이 다가와 몸에 이상이 있냐고 묻는데 우림이는 아무 말도 할 수 없었어. 자꾸 앞에서 누가 넘어질 것 같은 기분이 들어서 도저히 못 뛰겠다는 말만 속에서 맴돌았어. 그날 이후였을 거야. 우림이는 자연스레 달리기와 멀어졌어."

예전에는 이 일을 떠올리는 것만으로도 제법 상태가 심각해졌는데 레미니스라서 그런지 덤덤하게 그날의 일을 풀어놓았어. 까마득히 먼 미래의 남 일 얘기하듯 말이야. 하긴 지금 지수인 내게 미래의 우림이는 남이긴 남이지. 민준이는 한동안 침묵을 지키더니 겨우 말문을 열었어.

"집에 안 가? 같이 내려가자."

교문을 나설 때쯤 나는 민준이에게 같이 사진을 찍자고 했어. 소용없다는 걸 알기는 했지만 그래도 뭐라도 좋으니 기록을 남기고 싶었거든. 민준이의 폰을 꺼내 함께 사진을 찍었어. 민준이가 독특한 표정과 자세를 취했어. 그걸 보고 나도 웃었지. 열다섯 나이가 어디 안 가더라고.

둘이서 찍은 사진을 보는데 민준이가 불현듯 내게 말했어. 미래의 기억에서 우림이는 혼자가 아니었으면 좋겠다고. 외롭지 않기를 바란다고. 앞에서 누군가 넘어질 것 같은 불안에 우림이가 달리지 못할 때 자기가 곁에 있어 주고 싶다고.

나는 고개를 숙인 채 가져갈 수 없는 사진만을 뚫어져라 들여다봤어. 민준아, 우림이는 이런 너를 어떻게 잊었을까. 그리고 난 어떻게 널 잊을 수 있겠니.

10.

재희가 폰을 내밀었다. 화면에는 증명사진 한 장이 띄워져 있었다.

"일종의 몽타주를 만들어 봤어. 네가 말한 거 다 적용해 봤는데. 어때, 비슷해?"

우림은 찬찬히 화면을 들여다보았다.

"음, 얼추 비슷하긴 하다. 단 하나, 눈빛만 빼고. AI가 진짜 사진처럼 잘 만들긴 해도 이런 건 아직 부족하긴 하네."

"근데 AI가 이 사진을 보고 비슷한 이미지로 뭘 자동 추천해 준 줄 알아?"

중학생 아이 몇 명이 교복을 입고 재밌는 포즈로 찍어 게시판에 올린 사진이었다. 재희는 그중 한 명의 이미지를 확대해서 우림에게 들이밀었다.

"어때? 아까 얼굴이랑 닮았지?"

"글쎄, 그런 거 같기도 하고 아니기도 하고. 닮은 애야 많겠지. 흔한 이름만큼이나."

우림은 혹시나 하는 마음에 레미니스에서 만난 김민준을 수소문해 보았다. 하지만 모교는 몇 년 전 재개발로 폐교가 되어 졸업생 여부를 문의조차 해 볼 수 없었다. 기관에도 알아봤지만 개인정보라 타인의 학적을 알려 주기 곤란하다는 답변만 돌아왔다. 기억마저 희미한 중학교 졸업 앨범은 애초에 고향 본가에 남아 있질 않았다. 동창 친구들 역시 우림의 졸업 앨범과 상황이 다르지 않았다. 그나마 지금까지 연락처를 아는 학창 시절 친구는 몇 명이 채 되지 않는 데다 같은 중학교 출신은 아무도 없었다.

우림은 꽤 진심이었다. 평소 안 하던 소셜미디어를 총동원해 이름도 모르는 동문에게 정중히 메시지를 보내기까지 했다. 우여곡절 끝에 졸업 앨범을 구하는 데 성공했지만 어느 사진에서도 김민준의 얼굴을 발견할 수 없었다. 그런 우림을 보고서 재희가 나서서 도왔다.

"하기는 이 사진 더 알아봤는데 얘네가 입은 교복이 서울에 있는 중학교래. 여기 진원중이라고 써진 로고 보이지? 우림이 너랑 학교도 다르니 얘는 아니겠다. 게다가 넌 그때 부산에 살았잖아."

"맞아. 김민준은 이 세상 사람이 아닐지도 몰라."

"그거 좀 서늘하게 들리는데⋯."

"걔를 찾으려면 여기가 아니라 저세상으로 가 봐야지."

"뭐야, 더 오싹해!"

호들갑을 떠는 재희가 우림은 부끄러웠다.

"레미니스가 아무리 빅데이터와 내 기억 정보로 조합된 세계라고 해도 가상현실이긴 하잖아. 거기서 만난 사람을 전부 실제 인물이라고 믿고 찾았던 내가 어리석었지."

사람 일은 모르는 법이라며 실제로 김민준이 있을 수도 있지 않냐고 재희가 반문했다. 하지만 우림이 그해를 아무리 복기해도 기억에 없는 건 확실했다.

"그리고 민준이가 서울말 썼잖아."

"그게 왜?"

"우리 중학교가 부산에 있었고, 애들 다 사투리 썼는데, 걔만 표준어를 구사했다니까. 그게 무슨 뜻이겠어? 다 나의 환상이었던 거야."

짧은 정적이 흘렀다.

"이제야 인정?"

"뭘?"

"이우림, 네 안에도 연애 세포 있다고. 늘 날 한심하게 보더니. 근데 참 너도 너다. 이왕 하는 거 직접 주인공을 하지, 왜 구경만 했대. 이제 과거로 돌아갈 생각 말고 지금을 좀 즐겨."

재희의 말대로 자기기만일 수도 있었다. 우림이 처음에 하고많은 시기 중 열다섯을 선택한 데에는 별다른 이유가 없었다. 단순히 그해야말로 산책에 적당한 시간 같았다. 이제는 추억으로 자리 잡을 만큼 현재와 적당히 거리가 먼 시절이기도 했고, 돌이켜 보면 그때가 마음이 제일 가뿐한 나날이었다. 더 어릴 때는 어려서

여름을 찾아서

할 수 있는 게 적었고, 그 이후에는 해야 할 일이 너무 많았다. 입시에다 뭐다 사회가 개인의 생애에 그때그때 시기에 딱딱 맞춰 강요하는 듯한 이벤트가 줄지어 대기해서 스트레스 없는 시기란 존재하지 않았다. 지나온 날 중 얼마 안 되는 평화의 틈새를 찾아간 산책에서 마주한 게 자기기만이라니. 우림은 허탈했다. 재희가 우림에게 이미지를 전송했다.

"이 사진, 너 가져. 볼수록 귀엽네. AI가 생성한 거긴 하지만. 근데 네가 이런 강아지상을 마음에 품고 있는지는 몰랐다. 넌 고양이 얼굴 좋아하지 않았나."

11.

우림의 레미니스 마지막 날

남은 시간 01H:52M:00S

눈을 뜨자마자 학교로 뛰어갔어. 어젯밤 송도 해수욕장 백사장에서 바다를 보다가 그대로 잠이 들어 온몸이 욱신거렸어. 헉헉대며 오르막길을 오르니 아침부터 땀범벅이 됐어. 여기 처음 온 날도 마지막 가는 날도 늘 땀투성이네. 하늘 시계를 보니 이제 두 시간도 채 남지 않았어. 곧 10시가 되면 돌아가야 한다고 생각하니까 여행을 마무리할 때처럼 아쉽기만 했어.

교문에서 제법 떨어진 길가에서 도바리의 눈을 피해 우림이를 기다렸어. 멀찍이 우림이가 오는 모습이 보였어. 전보다 우림이의 얼굴이 밝아 보여서 안심이 되었어. 살짝 눈이 마주쳤는데 공연히 긴장까지 했지. 막상 가까이 오자 나도 모르게 등을 돌렸어. 혹시 날 발견할까 봐 얼른 가로수 뒤로 몸을 피했어. 일부러 기다려 놓고 나도 참 바보 같지. 하지만 여전히 난 내가 힘들었거든.

"여기서 뭐 하는데?"

서먹하면서도 친숙한 목소리에 돌아봤더니 우림이였어. 얘가 내게 알은체를 다 하네. 아무렇지 않은 척 너스레를 피웠지.

"야, 너 잘 만났다. 시간이 별로 없다. 너 오늘 지각 좀 해라. 괜찮지?"

얌전히 등교 중인 이우림을 잡아끌다시피 해서 근처 카페로 데리고 갔어.

"할 얘기가 뭔데?"

우림이의 물음에 난 에스프레소만 홀짝였어. 에스프레소 도피오를 삼키는 중학생이라니. 마지막으로 무슨 말을 건넬까 계속 궁리했었는데 이제야 이게 무슨 의미가 있을까 싶더라고. 일단 전의 일부터 사과했지.

"며칠 전엔 미안했다. 많이 놀랐지?"

"놀라기는. 내, 니 누군지 안다."

이번엔 내가 놀랐어.

"민준이가 얘기해 줬다. 니, 축구부잖아."

난 또 뭐라고. 그럼 그렇지. 다시 안심했어. 김민준 얘기가 나온 김에 우림이에게 부탁하듯 말했지.

"김민준 개한테 잘해 줘라. 너 많이 좋아하는 거 같던데."

"니는?"

"응? 뭐가?"

"아니다."

여름을 찾아서

"근데, 너 개 잘 알아? 우리 학교에서 난 개 처음 봤어. 왜 여태 몰랐지? 김민준 어떤 애야?"

공복에 커피를 마셔서일까. 가슴이 두근거리고 목소리도 떨리는데 우림이 앞이라서 더 창피했어. 우림이는 손가락으로 테이블 모서리를 툭툭 두드리며 답했어.

"내도 잘 모른다. 근데 같이 있으면 편하다. 이야기도 잘 들어 주고. 개 보면 누구 생각나서 좋다. 되게 많이 닮았거든. 특히 눈이."

"눈? 누구? 누굴 닮았는데?"

대답은 안 하고 우림이는 나를 빤히 응시하기만 했어. 왜 말을 안 해 주는 걸까. 나도 모르는 나의 비밀이 있나. 내가 나한테 숨기는 게 있다니 기분이 묘하게 답답했어. 우림이가 물었어.

"니 진짜 모르겠나?"

"어. 몰라. 누군데? 말을 해 줘야 알지."

우림이가 다시 침묵했어. 잠시 냉랭한 기운이 감돌았지. 그때 순간 눈앞의 모든 게 깜빡거리더니 지진이라도 난 것처럼 잠깐 흔들렸어. 테이블 위의 잔도 내 목소리처럼 떨리며 덜거덕거렸는데 나 말고 아무도 눈치채지 못하는 것 같아서 당황했어.

"우림이 너 무슨 일 있어? 왜 내가 너에 대해서 모르는 게 많지?"

나의 물음에 우림이가 안색을 싹 바꾸었어.

"왜 니가 다 알아야 한다고 생각하는데? 내가 너라서? 진짜 니 웃기지도 않네. 착각하지 마라. 니가 뭐라고. 니 그 다 알고 있다는 얼굴 역겹다. 소중한 건 하나도 모르면서."

느닷없는 우림이의 말에 말문이 막혔어. 눈빛도 달라진 게 딴 사람 같았어. 어찌할 바 몰라 하는데 갑자기 얘가 자기 바지 주머니에 손을 넣더니 주먹을 움켜쥔 채 내 얼굴 앞으로 갖다 댔어.

"동전 몇 개 들었는지 맞혀 봐라."

"뭐 하는 거야. 그걸 내가 어떻게 아나. 난 몰라."

"니가 모르는 건 내도 모른다. 왠 줄 아나? 이게 다 니 꿈이니까."

주먹을 쫙 폈어. 손바닥 위에는 먼지 한 톨 없었어. 그리고 언성을 높였어.

"아무것도 없다는 거조차 나는 몰랐다고!"

당혹감에 주변의 모든 소리가 먹먹하게 들려왔어. 끝날 때가 다 되어서 이런 걸까, 아니면 프로그램의 버그 같은 걸까. 혼란스러웠어. 어차피 곧 있으면 종료 시각이니까 일단 여기를 벗어나야겠다 싶어 서둘러 일어나는데 우림이가 날 붙잡았어.

"니 가슴에 양말 들어 있는 거 다 알고 있다."

"여기 뭐가 있다고 그래?!"

"끝까지 모르는 척할 거가? 난 이미 그거 다 삼켜 봤다고. 니 진짜 모르겠나!"

"그게 무슨 소리야!"

내 말이 채 끝나기도 전에 우림이가 성난 얼굴로 달려들었어. 주머니에 든 초록 양말을 꺼내려 했지. 당장이라도 양말을 입에 넣기라도 할 듯 필사적이었어. 너무나도 공포스러웠어. 정말 내가 아닌 다른 사람을 보는 것 같았거든. 황급히 몸을 피해 카페를 나왔어. 큰일 날 뻔했다고 구시렁거리는데 얘가 뒤에서 다시 날 덮쳤어. 일단 도망치자. 무작정 난 내뺐지. 녀석이 안 보일 때까지 계속 내달렸어.

숨이 찼어. 마지막에 이게 웬 봉변이야. 달리는데 조금 전 우림이의 화난 얼굴이 머리에서 떠나질 않았어. 가뜩이나 김민준 때문에 마음이 복잡한데 우림이 앤 왜 이러는 거람. 체험이 끝나고

여름을 찾아서

나면 레미니스 고객센터에 시스템 버그라고 제보해야겠다고
다짐했지.

　달리는 내 주위로 차들과 사람들, 간판이 배경처럼 휙휙
지나갔어. 하늘 시계의 숫자가 0을 향해 뚝뚝 떨어지듯 줄어들었어.
떠날 때까지 아주 실컷 뛰다만 가는구나. 찬란한 나의 10대한테
쫓기면서 내가 여기를 뜰 줄은 몰랐어. 안녕, 나의 도시야, 안녕 나의
시절아, 안녕 나의 풍경아. 안녕 나의 추억, 나의 꿈이여.

12.

　메시지 도착 알림음이 울린 건 토요일 새벽 2시였다. 누나에게서
온 문자였다.
　"이거 한번 봐봐. 우리가 이런 때가 다 있었다니. 초를 보니 나
열여덟 살 때인가 봐."
　우림은 링크를 열어 보지는 않았다. 공간 컴퓨팅 전용 영상
표시가 떴기 때문이다. 화면 섬네일에서는 교복을 입은 누나가
케이크 앞에서 환하게 웃고 있었다.
　다음 날 저녁이 지나서야 우림은 헤드셋을 쓰고 영상을
확인했다. 처음 보는 옛날 영상이었다. 휴가를 맞아 예전에 찍은
영상들을 변환하는지 누나는 자신의 소셜미디어에 영상 서너 개를
올리기도 했다.
　"미친. 세상에 이런 선사시대 영상을 다 보관하고 있었다니."
　우림이 혼잣말하자 텍스트가 누나에게 전송되었다. 영상은
평범한 생일 축하 장면이었다. 엄마의 웃음소리도 들렸다. 아마도

촬영하는 사람이 엄마인 듯했다. 우림의 모습도 보였다. 최근 레미니스에서 만났을 때와 크게 다르지 않았다. 이미 초고해상도의 자신을 만나고 온 터라 우림은 누나만큼 감회에 젖지는 않았다.

잠깐만. 뭐지? 그때 화면 모서리에서 낯선 존재가 얼핏 스쳤다. 우림은 양손으로 화면을 확대해 보았다.

"그런데 얘는 누구야?"

"누구긴 누구야. 중학생 이우림이지. 그때 진짜 촌스러웠어⋯."

누나의 메시지가 화면 맨 위에 떴다.

"아니, 저 밑에 말이야. 테이블 아래에."

우림은 화면 아래를 캡처해서 누나에게 보냈다.

한동안 답변이 없다가 새벽이 되어서야 누나의 메시지가 도착했다.

"한국 가면 만나서 얘기하자. 전에 말한 연휴 때 제주도로 가족여행 가는 거 잊지 않았지? 연락할게."

처음에는 일을 핑계로 가족여행은 다음으로 미루려고 했다. 누나는 우림에게 1년에 한두 번도 안 보기 시작하면 아예 얼굴을 잊고 살 거라며 반협박성으로 간청했다. 우림은 못 이기는 척 제주행 티켓을 끊었다.

가랑비가 내렸지만 숫모르 숲길은 걸을 만했다. 편백나무 사이로 앞서서 걷는 누나에게 우림이 한마디 했다.

"부끄러워서 그래? 같이 쓰기 싫으면 숙소에서 우산 하나 더 갖고 올게. 근처라 금방이야."

"이 정도면 그냥 맞을래. 안개비라 어차피 우산 써도 다 젖어."

나무 덱 길을 따라 누나의 발걸음을 쫓으며 우림이 영상에서 본

여름을 찾아서

존재를 물었다.

"우리가 강아지를 키운 적이 있었어?"

누나는 묵묵히 고개를 끄덕였다.

"세상에 비밀은 없다더니. 라쿠나인가 뭔가도 다 소용없네."

넋두리 같은 혼잣말을 한 누나는 잠시 뜸을 들이다가 다시 입을 열었다.

"유월이야. 6월에 입양해서 유월이라고 이름을 지었어. 근데 넌 그 이름 대신 언제부터인가 영어로 준이라고 부르더라. 똑똑한 강아지라 너만 준! 하고 불렀는데도 찰떡같이 알아들었어. 이 이름을 네 앞에서 부를 일은 다시는 없을 줄 알았는데."

우림은 다 처음 듣는 이야기였다. 도저히 믿기지 않았다.

"나는 왜 기억이 전혀 없지?"

"기억 삭제. 라쿠나라는 걸 했어. 나도 뒤늦게 알았어. 그때 난 학교 기숙사에서 주로 지냈으니까 잘 몰라. 이따가 아버지한테 물어봐. 엄마는 일이 바빠서 신경 못 쓰고, 아빠가 다 결정한 일이니까."

짙은 안개로 비행기가 연착되어 아버지는 예정 시각보다 한 시간이나 늦게 제주에 도착했다. 공항까지 마중하러 나간 우림은 아버지와 간단히 인사만 하고 말없이 짐을 챙겼다.

숙소로 가는 차 안에서는 서어한 분위기만이 감돌았다. 우림이 운전을 하다가 조수석 아버지에게 폰을 건넸다. 화면에는 누나가 보내 준 영상에서 가져온 유월이의 이미지가 떠 있었다. 아버지는 깊은 한숨을 내쉬었다.

"네가 유독 아꼈다. 유월이. 네가 어디서 들었는지 강아지들은 제 위치를 가족 중에 밑에서 두 번째로 인식한다며, 유월이가 너보다 형이라고 참 좋아했어. 유기견이라 정확한 나이는 몰랐지만 유월이는 널 꼭 친구처럼 대했어. 유월이한테 우리는 아빠 엄마였지만."

어둠이 짙게 깔리자 우림은 속도를 낮췄다. 자욱이 뒤덮인 안개로 도로는 지척도 분간하기 힘들었다.

"준! 잘했어. 우리 준이. 굿 독, 굿 독!"

그 시절 우림이와 유월이는 저녁이면 하루도 빠짐없이 산책을 즐겼다. 그 날은 집을 나오자마자 유월이가 신이 났는지 앞서서 뛰었다. 우림이는 같이 가자며 목줄을 당겨 천천히 걷게 했다. 집에서 그리 멀지 않은 공원에 가면 둘이서 늘 앉는 벤치가 있었다. 거기서 우림이는 시시콜콜 하루 동안의 일을 유월이에게 들려주었다. 평소 장난기 넘치고 부산스럽기만 한 유월이도 그때만큼은 어른처럼 가만히 앉아서 우림이가 조곤조곤 속삭이는 이야기를 다 들어 주었다.

여느 날과 다름없이 산책을 마치고 집으로 돌아가는 길, 유월이는 앞서 달려 집으로 향했다. 우림이도 목줄을 놓치지 않으려고 함께 뛰었다. 길모퉁이로 접어들 무렵, 빠르게 달리는 오토바이가 유월이의 앞으로 불쑥 튀어나왔다.

뺑소니 사고였다. 열다섯 아이가 할 수 있는 것은 없었다. 휴대전화를 집에 두고 나와 도움을 청할 수도 없었다. 도망친 오토바이를 찾기란 더욱 어려웠다. CCTV가 없는 골목이었다. 명백한 뺑소니였지만 당시 경찰은 뺑소니가 아니라고 했다. 반려동물은 주인이 소유한 '재물'에 해당하기 때문에 범칙금 부과가 전부라고 전했다.

사람이 다치지 않은 사건이라 시간이 지나자 수사는 더

여름을 찾아서

진행되지 않았다. 어떤 이는 오토바이 입장에서는 개가 튀어나온 사고라고도 말했다. 우림이의 마음은 그날 길에서 주저앉은 순간 그 상태 그대로 멈추었다. 다치진 않았지만 무너진 채로 그렇게 몇 주가 흘러갔다.

아버지의 이야기를 듣던 우림이 차를 세웠다. 안개 때문에 앞을 전혀 볼 수 없으니 걷힐 때까지 조금 기다려 보자고 했다. 안개는 핑계인지도 몰랐다. 앞에 마주한 두꺼운 밤안개가 마치 그때의 기억 같았다. 분명히 있긴 했지만 보이지 않았다. 우림은 할 말을 잃고 운전대에 얼굴을 묻었다.

깜깜한 어둠 속, 갓길에 세워 둔 차량의 비상등만 희뿌옇게 깜빡거렸다. 사위가 고요 속에 잠겼다. 아버지의 마른 입술 사이로 탄식이 연기처럼 새어 나왔다.

"피투성이가 된 손으로 동물병원에 앉아 있던 그날 네 모습을 난 잊을 수가 없다. 뒤늦게 온 나한테 네가 너무도 차분하게 말했었지. 네가 조금만 늦게 갔더라면 준이가 아무 일 없었을 텐데라고. 아니면 차라리 앞에 가서 네가 오토바이를 피했더라면 이런 일은 없었을 거라고. 우림아, 아니야. 그건 네 탓도, 유월이 탓도 아니다. 암만 내가 그렇게 말했지만 네 귀엔 전혀 들어오지 않았겠지. 애가 넋이 나가 있었어.

그날 이후로 네가 아무렇지 않아 보이려고 노력하는 게 우린 더 안쓰러웠다. 얼마나 힘들어하는지 눈에 다 보이는데 말이다. 괜찮냐고 물어봐도 자존심 때문인지 뭔지 넌 계속 아니라고 하더라. 나중엔 너도 힘든지 답답하다고, 뭐가 뭔지 잘 모르겠다고 울먹거렸어. 그때만 해도 주위에선 강아지 때문에 오버한다고 안 좋은 소리들도 하던 때였거든. 네가 스스로 힘든 걸 받아들이지 못하는 건가 싶어서 우리도 답답했다. 네가 네 감정을 인정하지 못하고 제대로 처리하지 못했으니까."

처리라는 말을 듣자 우림은 여전히 아버지가 엔지니어스럽게 느껴져 저도 모르게 쓴웃음이 지어졌다.

"상담이라도 알아봐야 하나 했지만 그때는 그럴 시간도 여력도 없어 망설이기만 했었지. 근데 주위에서 누가 기억 삭제라고, 트라우마 치료가 있다며 추천해 주더라. 어린 나이일수록 기억의 양이 많지 않아 부작용도 적고 효과적이라고 했어. 딱 그 대상의 기억과 연관된 일만 소실시킨다고 들었어. 기억과 감정을 담당하는 해마 부위만 건드려서 말이다.

그래서 내가 너한테 물어봤다. 고통스러운 기억을 지울 수 있다면 그렇게 하겠느냐고. 넌 그런 게 어딨냐며 의심했다. 근데 고민하더니 나중에 나한테 그랬지. 먹으면 마음속 아픔이 사라지는 약이 만약 있다면 한번 먹어 보고 싶다고.

그렇게 해서 너랑 거길 찾아갔다. 라쿠나라는 곳을. 변명처럼 들릴지 몰라도 그땐 그 방법밖에 없었다. 나도 네가 참 어려웠거든. 어떻게 대해야 할지 몰랐다. 하루하루가 다른 변화를 맞이하는 나이였잖니. 네 스스로도 그 변화를 감당하느라 버거워했고. 아빠인 나도 참 막막했다."

기억 삭제 이후, 당시 우림이는 거짓말처럼 괜찮아졌다. 우선 표정에서 눈에 띄는 변화가 나타났다. 한동안 얼굴에 서렸던 그늘이 말끔히 사라졌다. 사실 가까운 사람은 그 뒤의 일상에서 우림이의 기억과 감정에 생겨난 미세한 틈을 알아챌 수도 있었겠지만 이는 매우 긴밀한 사이에서나 인식 가능한 일이었다. 본인은 발생한 그 틈 자체를 인지하지 못했으니 스스로야 문제 될 건 거의 없었다. 기억의

균열은 자신에게 본디 존재하지 않은 일이었다.

아빠가 다시 우림이의 얼굴에서 그늘을 본 건 그로부터 1년쯤 뒤였다. 새벽에 혼자서 가볍게 술 한잔하면서 책을 보는 중이었다. 웬일로 우림이가 서재 문을 노크했다.

그날이 아마도 우림이의 첫 음주였을 것이다. 아빠와 함께였지만 첫술부터 위스키를 마셔서인지 우림이는 이내 술에 취해 흐느꼈다.

"누굴 좋아하는 게 이렇게 힘든 거면 다시는 안 할 거예요. 사랑? 안 해요. 가슴이 너무 시리고 아파요. 속에서 마구 짠물이 새어 나와요. 어떡하면 좋죠? 방법이 있다면, 그냥 사라지고 싶어요."

아빠는 우림이가 지금 누군가를 좋아하나 보다, 아니 좋아했나 보다 하고 생각했다. 아들에게 해 줄 수 있는 말이 딱히 없었다. 단지 시간이 좀 걸릴 거라고. 시간이 다 해결하지는 못하지만, 다만 그 아픔이 지금보다는 좀 옅은 색깔을 띨 거라고. 어찌 되었거나 크기나 농도가 줄어들 테니 두고서 지켜보자고 속으로만 말했다.

취해서 잠이 든 우림이의 얼굴을 아빠는 오랫동안 들여다봤다. 이 녀석도 크느라 고생이구나. 아이는 자라는 중이었다. 아이의 숨소리를 들으며 스스로에게 물었다. 1년 전 아이에게 해 주었던 기억 삭제가 어쩌면 아무런 도움이 안 되었던 건 아닐까 하고.

이제 와 돌이켜 보면 기억은 외과수술처럼 메스로 제거할 수 없는 것이었다. 감정도 마찬가지였다. 때로 이해되지 않는 감정은 삭제가 아니라 이해 없는 수용이 필요했다. 그저 느끼고 받아들여서 지나가게 두는 일. 감정은 온전히 겪어야만 지나가는 마음의 시간이었다. 왜 이런 건 늘 한발 늦게 깨닫게 되는 걸까. 남은 잔을 비우며 아빠는 후회의 한 모금을 삼켰다.

"지나가겠습니다!"

자전거 도로에서 앞선 자전거를 추월하는 라이더의 목소리가 들렸다. 평일 저녁이었지만 한강공원은 산책과 조깅을 하는 이들로 북적였다. 거기에는 우림도 있었다. 얼마 전부터 우림은 퇴근 후에 조깅을 시작했다. 생각해 보면 레미니스 이후부터였다. 비록 지수의 몸이긴 했어도 그곳에서 마음껏 달린 덕택인지 우림은 다시 뛸 수 있겠다는 마음이 들었다. 아직은 일주일에 서너 번 정도 몸을 푸는 정도지만 곧 예전만큼 달릴 수 있을 것 같았다. 그래서 최근에는 하프 마라톤에 참가 신청도 해 두었다. 너무 이른가 염려스럽기도 했지만 목표로 삼을 겸 해서 눈 딱 감고 신청 버튼을 눌렀다.

한 시간 정도 달려온 길을 되돌아갈 때였다. 성산대교 아래에서 반려견과 산책하는 사람을 피하다가 불현듯 그 이름이 우림의 뇌리를 스쳤다.

"유월이!"

우림은 저도 모르게 그 이름을 입 밖으로 내뱉었다. 자신이 준이라고 부르던 반려견. 하나뿐이었던 친구, 유월이. 레미니스에서의 마지막 날, 카페에서 열다섯 살 우림이에게 들은 말이 떠올랐다. 민준이가 누군가랑 되게 많이 닮았다던. 특히 눈이 닮았다는 그 말. 그 누군가는 바로 유월이었다. 기억에서는 삭제됐지만 우림은 확신했다.

집에 오자마자 우림은 누나에게 받은 영상을 다시 재생했다. 유월이는 스크린 한 귀퉁이에 몹시 짧게 등장했다가 사라졌다. 우림은 천천히 한 프레임씩 영상을 정지하며 유월이를 바라보았다. 작은 눈동자에 반짝이는 빛이 아른거렸다. 그래 유월이었구나. 유월이가 민준이었구나.

여름을 찾아서

우림은 유월이에게서 민준이의 눈빛을 보았다. 이제 우림에게 민준이는 망상이 아니었다. 민준이는 무의식 저편에 가느다랗게 남은 유월이의 흔적이었다. 우림은 눈시울이 뜨거워졌다. 민준이는 유월이의 미세한 기억이 보낸 일종의 구조 신호였다. 빛 한 줄기 닿지 않는 깊숙한 심해에서 전송한 신호.

우림에겐 레미니스에서 김민준과 보낸 시간이 하나하나 소중하게 다시 다가왔다. 김민준이 했던 말과 행동, 그 아이에게 느꼈던 감정 모두 어쩌면 잊힌 유월이에 대한 기억에서 비롯된 건지도 몰랐다. 이제 우림에게 남은 유월이의 유일한 기억은 민준이었다.

우림은 말없이 눈물을 흘렸다. 유월이가 자신을 만나러 와 준 것만 같았다. 유월아 보고 싶어. 다시 한번 만날 수 있다면 얼마나 좋을까. 우리 준이랑 다시 산책하고 달리고 싶어. 간절했다. 우림은 지금 너무나 준이가 보고 싶었다. 그때 멀리서 알림음이 들려왔다. 레미니스로부터 온 메시지였다.

"안녕하세요, 고객님. 일전에 문의하신 사안을 조사한 결과, 저희 시스템 오류가 확인되어 연락드렸습니다…"

13.

레미니스는 환불을 약속했다. 그리고 보상의 의미로 원한다면 무상으로 한 번 더 서비스를 제공하겠다고 알렸다. 다시 제대로 체험할 기회가 주어지자 우림은 망설임 없이 방문했던 지점을 찾았다.

"일종의 투사 같은 걸로 저는 추측했거든요. 최근에 알고 보니 전 그 시기의 기억 중 일부가 부재했었어요. 정확한 기전이야 모르겠지만 이 때문에 그곳에 접속할 때 저 스스로 남이 되어 체험을 전가했던 게 아닐까요?"

우림이 담당자에게 물었다. 분주하게 움직이던 직원은 전적으로 시스템 오류였다고 웃으며 단언했다.

"관리자 모드로 이우림 님의 로그 기록을 낱낱이 체크했어요. 고객님뿐만 아니라 해당 시기에 접속한 로그 기록 전부와 이를 구성하는 모든 데이터들도요. 자세히 말씀드릴 순 없지만 시스템 오류가 맞습니다."

직원이 대수롭지 않게 여기자 우림은 자신의 기억 삭제 이력까지 밝히며 기록 확인을 부탁했다. 직원은 고개를 저었다. 10년이 지난 예전 회사 데이터는 보관하지도 않을뿐더러 혹시 있다고 한들 개인정보 보호로 인해 조회가 힘들 거라고 했다. 그리고 그동안의 사례를 봤을 때 우림이 겪었던 오류는 그 이력과는 크게 관련이 없을 거라고 덧붙였다.

"아, 그런데 레미니스 체험에서 과도한 신체 활동이나 물리적 사고는 금지인 건 알고 계시죠?"

직원이 무심한 척 우림에게 물었다. 우림은 뜨끔해져서 고개만 끄덕였다. 이전 체험에서 무리하게 뛰었던 게 떠올랐다.

"예전에 설명드린 바대로 레미니스에서 강한 충격을 받으면 뇌에도 부담될 뿐만 아니라 프로그램에도 에러를 줄 수 있거든요. 이번엔 주의를 부탁드릴게요."

머쓱해진 우림이 화제를 돌리려 슬쩍 물었다.

"라쿠나 서비스는 왜 중단되었죠?"

여름을 찾아서

"저도 잘 몰라요. 인기가 시들해졌나 보죠. 사람들은 뭐든 빼는 거보다 더하는 걸 좋아하는 법이니까요."

망각은 사실 서비스라는 단어를 붙이기엔 어울리지 않는 개념이었다. 이용자가 서비스 이전과 이후의 차이를 느끼기 힘들었기 때문이다. 효과가 완벽해도 효과를 비교할 서비스 전의 상태마저 기억을 못 하게 되니 이용자 만족도가 높지 않은 건 당연했다. 당시 후기 중엔 원래부터 없었던 기억이라며 효과나 망각 여부 자체를 의심하는 사례도 종종 있었다.

예상치 않은 부수 작용 또한 확실한 효과 때문이었다고 직원은 설명했다.

"부작용이 없다고 주장하는 약은 효과가 없는 약과 같다는 말도 있잖아요. 기억 삭제 효과는 완벽했는데, 기억과 연결된 감정의 일이나 존재도 소실되는 경우가 드물지만 있었나 봐요. 보통 삭제를 원하는 기억은 인접된 감정 역시 부정적 범주에 있다 보니까 그런 케이스가 발생해도 사람들이 따로 클레임을 걸진 않았다고 하고요. 대부분 본인도 인지조차 못 하기도 하고요. 그래서 당시 회사에서도 부작용을 뒤늦게 알았대요."

직원이 우림을 캡슐이 있는 체험 부스로 안내했다.

"이우림 님, 이제 안으로 들어가실게요. 한번 해 보셨으니까 따로 설명은 안 드릴게요. 참, 이번에도 똑같은 날짜를 선택하셨네요?"

"네."

"전에도 말씀드린 바 있지만, 같은 시간은 안 돼요."

일명 데이터 루프 때문이었다. 동일 시공간의 이용은 데이터 중복을 의미했다. 대외적으로 회사는 '거울 속 거울'이나 '무한

터널'과 같은 이용자 기억 오류 방지를 주된 근거로 내세웠다. 집착 혹은 중독의 위험성 같은 정신 건강 차원의 문제도 언급했지만 모두 표면적인 구실이었다. 진짜 이유는 사실 해킹 때문이었다. 어쨌거나 레미니스는 막대한 빅데이터와 개인정보, 기억의 교집합으로 구성되는 시공간이라, 한 이용자에게 동일 데이터의 특정 환경을 반복해서 노출시킨다는 건 회사로서도 보안 등 염려되는 지점이 적지 않았다.

"가장 근접한 시기로는 이전에 체험했던 날에서 100일 전후로만 가능하세요."

전에 경험했던 날로부터 100일 뒤라면 중3 겨울 방학이었다. 아니면 자칫 이듬해가 될 수도 있었다. 고등학교로 학년이 바뀌는 시기는 곤란했다. 까딱하면 민준이를 만나기 어려울지 몰랐다. 그렇다면 100일 이전은 몇 월이지? 계산해 보니 6월쯤이었다.

"그럼 100일 전으로 해 주세요. 전에 갔던 날과 가장 가까운 날로요. 장소는 같게요."

14.

우림의 두 번째 레미니스, 마지막 날
남은 시간 04H:32M:17S

"이우림! 니 인마, 어딨다가 나타난 거고! 졸업 사진 안 찍고."

담임이 날 보자마자 소리쳤어. 반 애들이 날 찾으러 다녔다고 했어. 난 그동안 여기서 민준이를 찾아다녔어. 오늘도, 어제도,

여름을 찾아서

그제도. 하늘 시계를 보니 벌써 돌아가야 하는 날이었어. 전에 왔을 때나 지금이나 유월이에 대한 기억은 없으니 여기서도 유월이를 만나는 건 불가능했어. 이번엔 우리 집에도 여러 번 가 봤어. 결론은 간단했어. 유월이를 다시 만나는 길은 민준이를 찾는 것뿐이었어. 유월이는 민준이었으니까.

중앙 현관 아래 계단에서 우리 반 단체 사진을 찍었어. 이렇게 한가롭게 졸업 사진이나 찍을 때가 아닌데. 어차피 잃어버릴 졸업 앨범이라고 생각하니 더 부질없이 느껴졌어. 몰래 남아 다른 반 촬영도 일일이 다 지켜보기로 했어. 혹시나 민준이를 찾을 수 있지 않을까 해서. 지난 사흘 내내 학교에서 이름이 김민준인 애들은 물어물어 다 만나 봤어. 전부 다 내가 아는 김민준이 아니었지. 동네를 아무리 헤매고 다녀 봐도 민준이는 보지 못했어.

이게 마지막이라는 심정으로 단체 사진을 찍는 아이들 얼굴을 한 명 한 명 스캔하듯 다 확인했지. 하지만 어디에도 민준이는 없었어.

멍하니 스탠드에 앉는데 하염없이 눈물이 쏟아져 나왔어. 이렇게 힘겹게 돌아 돌아 왔는데 민준이를 만날 수가 없다니. 이제 진정 누군가를 그리워하는 마음과 상실의 감정이 뭔지 오롯이 느껴졌어. 난 왜 모든 일에 항상 뒤늦을까. 그것도 서른이 아니라 다시 열다섯이 되고 나서야 목 놓아 울고 있다니.

한바탕 눈물을 쏟아 낸 후 운동장까지 한달음에 달려갔어. 예전에 민준이가 했던 말이 문득 생각났거든. 조금 전까지만 해도 그리움에 가슴이 터질 듯했는데 달리고 나니 정말 한결 나아졌어. 민준이의 말처럼 몸에서 짠물이 나가서 그런 걸까.

운동장 한쪽에서 숨을 고르는데 저만치에 축구부 아이들이 보였어. 그중에 지수도 있었지. 이번에 와선 처음 보는 거였어.
그러고 보니 예전에 민준이랑 처음 만난 곳도 운동장이었지.
여기서는 과거 일이 아니라 미래시제이긴 하지만. 그때는 민준이가
내게 아니 지수에게 말을 걸었는데…. 그래서 나도 괜히 지수 근처로
가 어슬렁거리다가 인사를 했어.

"안녕."

"누군데, 니? 내 아나?"

지수의 첫마디가 저랬어. 아무리 우리가 아직 모르는 사이지만
어쩜 인사를 건네는데 저런 말을 할 수가 있냐고. 어떻게 내가 저런
애를 좋아했었는지. 나도 참. 어른인 내가 참아야지 하고 억지로
입술을 당겨 어색한 웃음을 지었어.

"알지. 내가 너였던 적도 있는데."

"니 축구공 맞았나? 뭔 소린데. 근데 니 서울에서 왔나? 왜 서울말
쓰는데?"

아, 역시 과거는 여전히 만만치가 않았어. 그때였지. 그래 맞아,
서울! 전에 재희가 보여 줬던 사진이 떠올랐어. 민준이를 닮은 아이.
얼굴이 꽤 비슷했었지. 사진 속 걔가 서울에 산다고 하지 않았나?
무슨 중학교라고 했었지?

학교 이름이 떠오르지 않아 무작정 그 자리에서 폴짝폴짝
뛰었어. 한 백스물다섯 번 넘게 점프하니까 드디어 이름이 생각났어.
진원중! 혹시 거기에 가면 민준이가 있지 않을까? 순식간에
뭔지는 몰라도 강한 확신에 사로잡혔어. 하늘을 올려다봤지. 이제
시간도 얼마 안 남았는데 큰일이었어. 지금 당장 서울로 가야
하는데. 그런데 어떻게 서울로 가지? 안절부절못했어. 돈도 시간도
부족했거든. 당장에 부산역으로 가서 아무한테나 차비를 빌려

달라고 해 볼까. 별의별 궁리를 다 했어.

"퉁!"

이때 축구공이 날아와 옆에 있던 지수의 머리에 정통으로 맞았어. 지수가 내 쪽으로 쓰러졌지. 정신을 잃은 지수를 부축해서 똑바로 눕혔어. 잠시 잠깐 지수의 얼굴이 약간 일그러졌어. 축구공을 맞아서 그런 게 아니라 마치 깨진 그래픽을 보는 듯했지. '왠지 축구부 주장'이 달려와 괜찮냐고 물었어. 잠시 후 지수가 멀쩡해진 모습으로 눈을 떴어. 그리고 날 빤히 보며 무표정한 얼굴로 말했어.

"교대. 교대를 가. 얼른! 교대를 가 봐."

말투가 꼭 예전 내 말투처럼 들렸어. 분명 지수의 목소리는 아니었는데, 그 말을 듣자마자 왠지 모르게 그대로 실행해야 할 것만 같았어. 지수는 왜 내게 교대를 가라고 했을까. 충격으로 잠시 에러라도 난 걸까. 깨진 그래픽을 자동 복구하려고 잠깐 관리자 모드가 켜졌었나. 알쏭달쏭했지만 지푸라기라도 잡겠다는 심정으로 난 바로 뛰었어.

그길로 무작정 지하철역으로 가 열차를 타고 1호선 교대역으로 향했지. 교대역에 가서는 어떻게 하지? 지하철 안에서 골똘히 생각을 하는데 이 와중에 갑자기 볼일이 급할 게 뭐람. 교대역에 내리자마자 화장실을 찾았어. 화장실 위치가 에매해서 좀 헤맸는데 그래도 다행히 역 안에 있었어.

아까 지수가 했던 소리가 설마 나중에 대학을 교대로 가라는 뜻은 아니었겠지? 화장실을 나오면서 황당한 생각을 했는데 나와 보니 더 황당한 일이 펼쳐졌어. 분명히 내가 들어갈 땐 교대역 화장실이었는데 나오니 교대역 화장실이었어. 무슨 소리냐고? 더 정확하고 친절하게 다시 설명하자면, 부산 1호선 교대역 화장실이었는데 서울 2, 3호선 교대역 화장실로 환승했어. 고마워 지수야. 이 버그는 레미니스에 절대 알려 주지 않겠다고 다짐했어.

냄새가 매캐했어. 역시 서울은 다르긴 달랐어. 서울말이 들려왔어. 요즘과는 다른 서울 사투리가 또 묘하게 재밌어서 혼자 웃다가 정신을 차렸어. 여유 부릴 시간이 없었거든. 얼른 진원중에 가야 했어. 역무실로 들어가서 도와 달라고 부탁했어. 길을 잃은 가여운 청소년 목소리와 표정 연기가 자연스럽게 나왔어. 중학생이 중학교를 찾으니 다들 친절하게 도와주었어. 아니면 정말 내가 안돼 보였거나.

서울 시민들의 협조로 무사히 진원중에 도착했는데 여기선 또 어떻게 민준이를 찾아야 할지 막막했어. 학교 안에 들어가 보니 바깥과 달리 적막한 분위기였어. 무작정 3학년 교실을 하나씩 둘러봤지. 이상했어. 아이들이 몇 명 없었어. 거의 다 빈 교실이었어. 밖에서 비가 내려서 그런지 분위기가 더욱 폐교 같았어. 예정에 없던 지역으로 와서 레미니스가 데이터를 별로 모으지 못했던 걸까.

낙담해서 계단 쪽으로 가는데 한 아이가 다가왔어. 그런데 정말 신기했어. 그 아이가 나랑 꼭 닮은 모습이었거든. 걔한테 물어봤지. 혹시 김민준 못 봤냐고. 그랬더니 걔가 심드렁한 얼굴로 말없이 위를 가리켰어. 옥상에?

계단을 올라갔어. 반쯤 열린 옥상 문으로 비가 세차게 들이쳤어. 바깥으로 나가 주변을 둘러봤어. 빗속으로 줄어드는 숫자가 보였어. 시간이 5분도 채 남지 않았어. 맨 구석 끝 난간에 누군가의 뒷모습이 보였어. 한 아이가 우산도 없이 아래를 내려다보고 있었어. 난 무작정 이름을 불렀지.

"김민준!"

여름을 찾아서

그 아이가 뒤를 돌아봤어. 아무것도 모르는 얼굴로 날 쳐다보는데 민준이었어! 안경 너머의 표정이 전과 다르게 조금 어두워 보이긴 했지만 준이가 맞았어. 얼른 뛰어가 준이를 꼭 끌어안았어.

"준아, 너무 보고 싶었어. 다시 만나서 정말….."

주책없이 눈물이 흘렀어. 반가워서 웃음도 나왔어.

"누구세요?"

당황한 준이가 물었어. 그동안 못다 한 이야기를 나누며 자초지종을 천천히 들려주고 싶었지만 비구름 아래로 그놈의 숫자가 빠르게 내려가고 있었어. 빗속에 준이를 붙잡고 얘기를 시작했어. 이렇게라도 내 마음을 전하고 가지 않으면 다시는 못 만날 것 같아서.

"미안해, 준아. 지켜주지 못해서. 소중한 추억 간직하지 못해서 정말 미안해. 너는 지금 날 못 알아보지만 이건 분명해. 너로 인해 그 시절이 빛났어. 난 늘 너에게 받기만 하고 빚만 졌던 거 같아. 기억은 남아 있지 않지만 널 진심으로 아끼는 마음은 변함없어. 우리가 어떤 식으로든 다시 만나면 그땐 내가 널 알아볼게. 우리 둘이 꼭 산책하자. 함께 달리자. 같이 바라보자. 준아, 정말 고마워. 사랑해."

비가 와서 다행이었어. 흐르는 빗물에 눈물이 섞여 눈물인지 빗물인지 분간하기 힘들었으니까. 쏟아지는 비처럼 속마음을 털어놓으니 홀가분했어. 우리 유월이, 준이에게 이런 내 마음이 조금이라도 전해졌을까. 민준이가 고개를 들었어.

"저기, 사람을 잘못 본 거 같은데….."

민준이가 말끝을 흐렸어. 그때였을 거야. 놀란 눈동자를 보고 나서야 난 알아차렸어. 과거의 감정에 사로잡혀서 지금 이 순간을 제대로 마주하고 있지 않다는 걸. 뒤늦은 죄책감 때문에 눈앞의 사람을 보지 않았던 거야. 유월이에 대한 기억이 사라진 나에겐 여전히 이 세계에서 진짜 존재하는 건 유월이가 아니라 민준이인데 말이야. 비록 이 현재가 과거시제지만 지금이 진짜 살아 있는 순간이고 진실인데. 난 누구에게 얘기를 하고 있었던 거지?

그제야 난 지금 내게 살아 있는 유일한 너는 내 앞에 서 있는 너, 김민준이라는 사실을 인식했어. 내가 만났고 함께했던 민준이를 다시 찬찬히 바라봤어. 우림이를, 나를 좋아했던 단 한 사람. 김민준!

그렇게 깨달은 순간, 민준이에게 내 마음을 있는 그대로 다시 전하고 싶어졌어. 사라진 기억이 아닌 내 기억에 진짜 살아 있는 내 마음속 민준이에게.

하지만 어느덧 저 너머에 보이는 숫자가 제로를 가리켰고, 난 민준이의 모습을 마음에 담으며 빗속으로 사라졌어. 민준이에게 마지막 말도 미처 전하지 못한 채.

"민준아, 너 덕분에 난 '미래의 기억'에서 외롭지 않아. 고마워. 그거 알아? 난 사랑 따위는 다 가짜라고 믿었는데 너의 눈빛만 떠올리면 진짜라고 속고 싶어져. 내게 사랑은 너로부터야. 내게 사랑은 너야."

15.

간드랑간드랑. 그 느낌이 드는 순간이었다. 출발하고 대략 5킬로미터 못 되는 지점부터 우림은 느꼈는데, 그 시간이 좋았다. 달리면서 숨을 들이마시고 내쉴 때마다 매달린 방울이 일정 속도로 가볍게 흔들리는 모양이 연상됐다. 몸속에 오토파일럿, 다시 말해

항공기 자동항법장치 기능이 켜지는 듯했다. 숨은 차고 힘들었지만 적당한 템포가 계속 유지되는 묘한 안정감과 쾌감을 동시에 느꼈다. 적절한 비트의 기분 좋은 음악을 듣는 듯했다. 이대로 심장이 계속 뛰었으면 하고 바랐다.

불안이 없는 건 아니었다. 우림은 몇 년 전 마지막 하프 마라톤의 악몽을 상기하지 않으려 애썼다. 지난 일에 사로잡히지 않으려면 지금의 감각에만 집중하며 뛰어야 했다. 피니시 라인을 앞두고 마지막 반환점을 돌 때였다. 우림은 조금 전 자신이 달리던 코스를 반대 방향으로 지나쳐 오면서 과거의 순간과 마주하는 기분이 들었다. 달리면 풍경이 지나간다. 우림은 그 점이 마음에 들었다. 달리면 다 지나간다는 사실이. 그리고 지금 여기에 나와 같은 사람들이 함께 달리고 있다는 것도.

사람들로 북적이는 피니시 라인 근처에서 우림은 땀을 식히며 한참 머물렀다. 완주를 끝내고 기쁨을 감추지 못하는 참가자들, 응원하는 사람들, 마중을 나온 이들로 상암동 평화의공원 광장은 활기가 넘쳤다. 하프 마라톤 행사장을 떠나기 전에 우림도 포토월 맨 끝줄에 섰다. 참가자가 기록 칩이 내장된 가슴 번호표를 진행 요원에게 건네면 포토월 전광판에 이름과 기록이 떴다. 우림은 차례를 기다리며 각자 저마다의 포즈와 얼굴로 지금 이 순간을 기록으로 남기는 광경을 흐뭇하게 바라보았다.

참가 번호 4578, 최빛솔여울에든가오름. 희소한 순우리말 이름을 어디선가 들어 본 적 있었다. 오래전 TV 방송에서였던가. 온 가족이 다 특이한 이름이라 기억했다. 저 사람을 여기서 다 보다니 별일 아닌데도 신기했다. 조금 뒤면 우림의 차례였다. 어떤 모습으로 사진을 남길까 잠시 고민하는데 앞에 선 남자가 돌아서서 폰을 내밀었다.

"저 사진 좀 찍어 주시겠어요?"

참가 번호 4182, 김민준. 너무나 흔한 이름의 참가자였다. 조금 전에도 김민준이라는 이름을 본 것 같은데. 우림은 웃으며 촬영 버튼을 눌렀다. 남자가 독특한 표정과 자세를 취했다. 이름은 흔한데 포즈는 그렇지 않았다. 남자는 사진을 들여다보며 자리를 떠났다.

우림의 차례가 되었다. 그런데 방금 전 남자의 모습이 머릿속에 맴돌았다. 과거, 아니 레미니스 때 교문 앞에서 민준이와 함께 찍었던 사진이 떠올랐다. 남자가 안경을 쓰지 않아 처음엔 몰랐지만 생각할수록 그때 민준이와 표정과 자세가 비슷했다. 설마 김민준? 아무럼, 그럴 리가 없었다. 그래도 혹시? 그럴 수도 있지 않나. 아니다. 당시 사진은 당연히 존재하지 않았다. 모두 착각일 수 있었다.

우림은 '그럴 리가 없지'와 '그럴 수 있지 않을까' 사이를 오가다가 마침내 후자를 선택했다. 우림은 남자를 찾아 나섰다. 인파 사이에서 조금 전 보았던 남자와 닮은 뒷모습을 찾아서 한참을 헤맸다.

우림이 남자를 발견한 곳은 마포구청역 입구였다. 우림은 땀범벅이 된 얼굴을 손으로 한번 훔치고는 용기를 내어 다가갔다.

"저기 혹시, 진원중 안 나오셨어요?"

남자는 수상쩍다는 얼굴로 우림을 살폈다.

"나오진 않았고, 다니긴 했었죠."

우림의 눈동자가 커졌다. 남자가 말을 이었다.

"3학년 여름방학 끝나고 부산으로 전학을 가서요."

"아, 전학. 혹시 그럼 그 학교가 부산에 해정중?"

"네. 어떻게 알았죠?"

여름을 찾아서

남자의 말을 듣는 순간, 우림은 확신했다. 김민준은 존재했다!

민준이가 실재했다니. 우림은 진짜 김민준을 마주하자 많은 생각이 산란스레 스쳐 지나갔다. 기억인지 상상인지 모를 민준이를 만났던 그동안의 시간들. 민준이와 나누었던 과거인지 현재인지 미래인지 모를 여러 시간에 연결된 지금의 이야기들. 우림의 눈동자가 반가움과 놀라움, 기대와 회한이 뒤섞여 흔들거렸다.

"김민준! 나야, 이우림."

남자는 우림을 가만히 들여다보았다. 맞았다. 열다섯, 그해 9월에 전학 간 학교에서 만났던 이우림이었다.

"네가 어떻게 여기…."

민준은 오래전 기억이 조각조각 나뉘어 떠올랐다. 그해 가을 우림이와 가꾸었던 텃밭, 학교 옥상에서 함께 바라보았던 바다, 우림이와의 달리기. 그리고 우림이가 키우던 강아지와 산책했던 일도 기억났다. 그 강아지 이름이 뭐였더라. 생각이 날 듯 말 듯 흐릿했다.

그래도 이건 지금도 또렷했다. 어느 날 갑자기 자신을 모른 체하는 우림이의 모습. 당시 민준은 당혹스러웠다. 처음엔 장난으로 여겼지만 나중엔 정말 몰라보는 것 같았다. 가까운 사이라고 믿었는데 자신을 본체만체하는 우림이 때문에 민준은 한동안 꽤 힘들었었다.

이후로 민준은 가끔 풋풋했던 그 시절을 생각하면 한 번씩 우림이 그립기도 했지만 다 지나간 추억으로만 여겼다. 그런데 그런 우림이 자신 앞에 나타나 웃고 있다니 반가우면서도 믿기지 않았다.

우림은 이제야 옛일이 퍼즐 조각처럼 다 맞춰지는 기분이 들었다. 직원이 얘기했던 라쿠나 부작용 등의 여러 상념이 떠올랐지만 그건 나중에 천천히 돌아보기로 했다. 지금 우림은 기억과 과거에 대해 더 이상 묻고 싶지 않았다. 만약에라는 가정은 지금 앞에서 무의미했다. 중요한 건 과거가 아니라 지금 바로 앞에 있는 사람이니까.

"민준아, 너한테 해 줄 이야기가 정말 많아. 우리 같이 점심이나 할래?"

민준이 고개를 끄덕였다. 둘은 함께 걸어가며 이야기했다. 우림은 민준에 대해서 모르는 게 많았지만 서두르지 않았다. 이제부터 알아 가면 되고 시간은 충분했다. 새 출발점에 선 듯이 가슴이 떨렸다.

그러고 보면 우림이 달리기를 좋아하게 된 계기도 민준에게서 시작했는지 몰랐다. 그 일은 우림의 기억에 남아 있지 않으면서도 동시에 기억에 존재했다. 옆에 있는 민준의 눈을 보니 우림은 그동안 자신이 만났던 많은 민준의 눈빛이 떠올랐다. 그동안 얼마나 찾아 헤매었던 민준인가. 떠오르면 좋아하는 거고, 보고 싶으면 사랑하는 거랬던가.

보고 싶었어, 민준아.

여름을 찾아서

매실과 짝피구

오세연

나영이는 심란했다. 개학 첫날부터 비가 오는 것도 심란했고
6학년이 되면 뭐라도 새로울 줄 알았는데 그 얼굴이 그 얼굴인 것도
심란했다. 3월 특유의 경직된 분위기가 싫기는 하지만 이렇게나
지겨울 바엔 차라리 서로 눈치를 보느라 쭈뼛대는 풍경이 더
재밌을 것 같았다. 5년간 한 번쯤은 같은 반을 했거나 복도에서
지독하게 보던 얼굴들이라 새 학기 분위기가 전혀 안 났다. 원래라면
운동장에서 했을 전체 학생 조회가 방송으로 대체된 것도 심란했다.
별생각 없이 맨 앞자리에 앉은 탓에 아직은 마음의 거리가 느껴지는
담임선생님과 가까이 마주 보고 있어야 해서 더 심란했다. 심란한가.
아니 좀 곤란했다. 제법 무게를 잡고 앉아 있는 선생님 눈치가
보이는 와중에, 반가운 얼굴들과 수다를 떨고 싶은 아이들이 몰래
눈빛을 교환하며 킥킥댔다. 그 소리가 너무 잘 들리는데, 선생님은
모르는 척했다. 거기까진 괜찮았다. 문제는 괜히 헛기침을 하는
선생님과 나영이의 눈이 너무 자주 마주쳤다. 혼자 다른 방향으로
앉아 있는 선생님은 얼마나 외로울까. 선생님의 편이 되어 주고 싶은
마음은 굴뚝같지만, 나영이도 어쩔 수 없는 6학년 3반 학생이다.

개학 첫날부터 선생님께 '특별히' 예쁨받는 건 곤란한 일이었다. 선생님께 사랑받는 것과 친구들에게 사랑받는 것은 어쩔 수 없는 반비례 관계니까. 나영이는 애써 선생님의 눈을 피하고 낯익은 친구들을 쳐다보며 웃음을 참았다. 아니, 웃음을 참는 척했다. 별로 웃긴 일도 없으면서.

　　사실 나영이가 진짜 심란한 이유는 따로 있었다. 방학 때 학교 도서관에 책을 빌리러 갔다가 일기장을 잃어버렸다. 잃어버려도 반드시 품속으로 다시 돌아올 테니 크게 불안하지는 않았다. 문제는 방송 조회의 마지막 코너인 '잃어버린 물건 찾기'였다. 처음부터 끝까지 학교에서 정해 주는 대로만 진행하는 방송 조회에서 유일하게 방송부원들의 창의력과 재치가 돋보이는 코너. 그치만 재미있는 건 남의 물건을 볼 때나 그런 거고. 괜히 학교에서 뭔가를 잃어버렸다가 전교에 송출되는 방송에서 부끄러운 일을 당하기 십상이었다. 예전에는 누가 알림장을 잃어버렸는데, 표지에 주인의 이름이 적혀 있지 않다는 이유로 방송부 아나운서가 알림장을 펼쳐서 한 줄 한 줄, 또박또박 읽은 적도 있다. 거기에는 '나혜한테 고백할 때 줄 선물 사러 가기' '소녀시대 Gee 안무 연습하기' 같은 게 적혀 있었다. 알고 보니 주인의 이름은 앞표지가 아니라 뒤표지에 쓰여 있었는데, 방송부 카메라맨이 일기장을 크게 확대해서 찍는 바람에 5학년 7반 신수환이 같은 반 최나혜를 좋아한다고 전교에 소문이 쫙 났었다. 나영이는 그런 스캔들의 주인공이 되고 싶지 않았다. 그래서 방송이 끝날 때까지는 심란할 운명이었다. 평소라면 방송에 등장하는 물건들을 보면서 누구 걸까, 어쩌다 잃어버린 걸까 상상하며 즐거워했을 텐데, 이번에는 그럴 정신이 없었다.

그저 초조할 뿐이었다. 단골손님인 팔레트, 실내화, 줄넘기 같은 게 나오더니 방송의 마지막 순서로 손때가 묻은 연한 하늘색 표지의 두꺼운 노트 한 권이 나왔다. 나영이가 그토록 찾던 일기장이었다.

"방송실 좀 다녀올게요!"

흥분하는 바람에 너무 큰 소리로 외쳐 버렸다. 모두의 시선이 나영이에게 집중됐지만, 그런 걸 신경 쓸 겨를이 없었다. 일기장을 구해야 하니까. 나영이는 일기장에 쓰인 내용을 전교생이 다 볼 바에는 차라리 속옷만 입고 복도를 돌아다니는 게 더 낫겠다고 생각하며 달렸다. 계단을 후다닥 타고 내려가 방송실 앞에 도착했다. 속도를 줄이지 못해서 방송실 문을 열고 나오는 정장 차림의 어른과 거의 부딪칠 뻔했다. 처음 보는 얼굴인데, 새로 오신 선생님인가, 아침부터 학부모가 찾아오진 않았겠지. 솔직히 좀 잘생겼다고 잠시 생각했다. 나영이가 방송실에 들어갈 때까지 그 사람은 문을 잡아줬다. 나영이는 그 작은 친절에 고마움을 느꼈지만, 제대로 인사를 할 정신이 없어서 가볍게 고개를 꾸벅이고 방송실 안으로 들어갔다. 금방이라도 일기장이 온 세상에 까발려질까 봐 두려워 마음이 급했다. 나영이는 방송실에 들어가 물건을 찾으러 왔다고 외쳤다. 그러자 6학년이 되면서 방송부장이라는 감투를 쓴 은지가 기다렸다는 듯 일기장을 건넸다. 나영이의 단짝인 은지는 웃으면서 눈썹을 씰룩거렸다. 나영이는 뿌듯한 건지 놀리는 건지 모를 그 표정이 묘하게 불쾌했다.

"봤나?"

"봤겠냐?"

"진짜제?"

"언니 못 믿나."

믿는다. 은지는 나영이가 일기장을 얼마나 소중하게 생각하는지 아는, 엄마를 제외하고는 유일한 사람이니까.

"내 껀 줄 알면서 방송은 왜 내보냈냐."

"니 놀래킬라고."

"아 뭐래."

"성공했네. 우리 반 분위기는 어떤데?"

"걍 그렇다. 별거 있겠나. 애들도 똑같은데."

"맞나. 난 정리 좀 하고 올라갈게. 먼저 가라."

나영이는 방송실까지 내려갔으니 은지와 같이 교실로 가고 싶었지만 그럴 수 없었다. 방송부장의 무게란 그런 걸까. 나영이는 늠름하게 방송실 문을 닫는 은지를 보면서 어느새 다 컸다는 생각을 하다가, 이 생각을 들키는 순간 은지가 얼마나 싫어할지 떠올리며 고개를 저었다. 은지와 나영이는 둘도 없는 친구지만, 복도에서 손을 잡고 다니거나 화장실 같은 칸에 들어가진 않는다. 그래서 더 좋다. 어른스러운 친구가 학교에 한 명이라도 있어서 얼마나 다행인지 모른다.

일기장을 들고 교실로 올라가려는데, 누군가 나영이 앞을 가로막았다. 방송실 옆이 교무실이라는 사실을 잠시 잊고 있었다. 키가 작고 체격이 있는 중년의 남자 선생님. 교무부장 선생님. 그 유명한 호랑이 선생님. 작년에 졸업한 선배 한 명이 선생님 때문에 병원에 실려 간 적이 있다는 소문 때문에 모두가 두려워하는 인물이었다. 나영이도 마찬가지였다. 특별히 잘못한 게 없는데도, 호랑이 선생님 앞에선 죄인이 된 것 같은 기분이 들었다. 책잡힐

일 없이 깍듯하게 인사를 하고 자리를 막 떠나려는 찰나, 선생님이 나영이를 불러 세웠다.

"일로 와 봐라."

짧은 시간 동안 나영이의 머릿속엔 소소한 잘못들이 주마등처럼 스쳐 갔다. 일기장에 선생님 무섭다고 써 놓은 걸 보셨으려나. 이제 6학년이라고 백팩 말고 크로스백 메고 등교한 걸 보셨으려나. 급하게 방송실 들어가느라 아까 마주친 잘생긴 남자 어른한테 인사 대충 하는 걸 보셨으려나. 그것도 아니면 도대체 뭐지? 나영이는 괜히 입고 있던 셔츠 단추를 목 끝까지 채우고, 달리느라 산발이 된 머리카락도 귀 뒤로 넘겼다.

"니 전교 회장 선거 왜 안 나갔노? 오늘 방송 보다가 깜짝 놀랬다. 민정이가 회장 된 거 보고."

상상도 못 한 얘기가 나와서 당황스러웠지만, 나영이는 대충 웃으면서 얼버무리고 다시 한번 깍듯이 인사를 하고는 반으로 올라갔다. 티 내진 않았지만 속상했다. 선생님은 왜 이미 한참 전에 끝난 선거 얘기를 다시 꺼내서 상처를 주는 건지. 선거에 나간다고 무조건 당선이 됐을 거란 보장도 없지만 도전조차 못 하게 된 건, 엄마 때문이었다. 성적도 좋고 예의도 바르고 친구 관계도 원만하니까 선생님들은 나영이가 전교 회장이 되길 내심 바라셨을 거다. 그렇지만 나영이에겐 꿈도 못 꿀 일이었다. 혹시나 전교 회장이 된다면, 엄마는? 전교 학생회장의 부모가 전교 학부모회 회장이 되는 건 암묵적인 규칙이었다. 나영이는 그런 걸 모르고 신나서 회장 선거에 출마할 만큼 순진하지 않다. 안 그래도 바쁘게 일하느라 매일 다리가 부어 있는 엄마에게 금전적으로도 시간적으로도 부담을 주기 싫었다. 괜히 아무것도 모르는 척 눈치 없는 척 이야기를 꺼냈다가, 도와줄 수 없어서 미안해하는 엄마의 얼굴을 보고 싶지도 않았다. 초등학교 전교 회장은 인생에 단 한 번이니까, 아쉽기는 했다. 하지만 나영이는 귀찮은 일을 만들지 않고 공부에 집중할 수 있으니 오히려 좋다고 생각하기로 했다. 그렇게 마음을 정리한 지 얼마 되지 않았는데, 이런 타이밍에 받은 호랑이 선생님의 질문은 아무런 악의가 없다는 건 알지만 너무 잔인했다.

교실에서 맞이하는 개학 첫날 1교시는 어김없이 가족관계 조사. 가만히 눈을 감고 앉은 나영이는 자꾸 미간을 찌푸렸다. 그럴 수밖에 없었다. 평정심을 유지하고 싶지만, 불편한 질문에 답해야 하는 건 숨 막히는 일이었다. 나영이는 차라리 각자 종이에 가족관계를 써서 제출하는 방식이 좀 더 효율적이지 않을까 하고 생각했다. 하지만 학교를 6년이나 다녀도 변하는 건 없었다. 담임선생님은 모두 눈을 감고 해당되는 사람은 손을 들라며 항목들을 주문처럼 천천히 읊었다.

"부모님 모두 함께 산다."

"부모님 중 한 사람과 함께 산다."

"조부모님과 함께 산다."

나영이는 부모님 중 한 사람과 함께 산다, 는 항목에서 움찔했다. 그러고는 누군가 실눈을 뜨고 자신이 손을 드는 걸 볼까 싶어서 옷깃 스치는 소리도 나지 않게 조심하며 손을 들었다. 혹시라도 옆에 앉은 짝지가 손을 들 때의 미세한 움직임을 알아차릴까 봐 긴장하면서. 나영이는 부모님 중 한 사람과 함께 사는 게 부끄러운 일이 아니란 걸 알면서도 이럴 때마다 소심해지는 자신이 지겨워서 약간 짜증이 났다.

　　다음은 별로 많지 않은 직업군을 읊고 나서 부모님의 직업이 해당되면 손을 들라고 할 차례였다. 그것도 싫다. 회사원도 아니고 자영업도 아니고 전문직도 아닌 직업이 세상에 얼마나 많은데.
　　"쌤. 근데 아무것도 해당 안 되는 사람은 어떡해요?"
　　선생님이 다음 질문으로 넘어가기 직전에, 누군가 차분한 목소리로 물었다. 나영이는 순간 놀라서 눈을 떴다. 그리고 눈을 뜨자마자 당황한 얼굴을 한 선생님과 눈이 마주쳤다. 하루에 몇 번이나 선생님과 눈을 마주치는 건지. 나영이는 남은 6학년 생활이 벌써부터 피곤했다.
　　"어허, 다 눈 감아."
　　목소리의 주인은 누굴까. 남자앤데. 1교시가 끝나고 친구들끼리 모여서 수다를 떠는데, 누가 먼저랄 것도 없이 자연스럽게 그 애의 정체에 대한 이야기가 나왔다. 그다지 익숙한 목소리가 아니라서 그런지 아무도 맞추질 못했다. 나영이는 목소리의 주인이 누군지 맞추려고 이렇게나 열띤 토론을 하는 것 자체가 좀 이상하게 느껴졌다. 그래서 아무 말도 하지 않고 친구들 틈에 앉아만 있었다.

[2애년 3월 2일]

6학년이 됐다. 학교 짱이 됐다. 오늘은 비가 와서 방송 조회를 하고

일기장도 드디어 찾았다. 이거 세상에 공개되는 순간 전학 가야 했을지도.

6학년도 별거 없네. 익숙한 건 편안한 거니까, 지겹기도 하고 즐겁기도

하다. 복도에서 눈치 안 보고 다녀도 되는 건 좀 좋다. 근데 오늘 가족관계 조사할 때 아무것도 해당 안 된다고 했던 갠 누굴까? 내가 손 드는 건 아무도 안 봤으면 좋겠으면서 남의 가족관계는 궁금해하는 나도 참 웃기다. 근데 그 애가 누구랑 사는지 궁금한 것보다도, 그 용기가 대단하고 멋있었다. 그래서 더 궁금했다. 나는 가족에 대한 질문이 나오기만 하면 괜히 작아지는데. 솔직하게 말하기 싫어서 얼버무리는데. 우리 반에 그런 애가 있다는 게 기분 좋다. 좀… 멋진 것 같다. 아무튼 나중에 누군지 알게 되면 좋겠다. 알고 싶다. 차분하고 용감한 그 애의 얼굴이.

*

　　나영이는 사랑에 빠졌다. 나영이는 종종, 자주, 아니 거의 매일같이 사랑에 빠지는 사람이다. 이번에는 체육 선생님이다. 5교시 체육 시간, 시험 기간이 아니고서는 별 쓸모 없는 체육 교과서를 책상 위에 올려 두고 새로 왔다는 체육 선생님을 기다렸다. 수업 시작종이 치고 1분쯤 지났을까, 문이 열리고 선생님이 들어왔다. 나영이는 깜짝 놀랐다. 낯익은 얼굴. 개학 날 일기장을 찾으러 방송실에 갔을 때 마주쳤던 정장 입은 남자 어른, 그러니까 그 잘생긴 사람이 바로 새로 온 체육 선생님이었다. 그러고 보니 그날 은지와 잠깐 서서 이야기를 나누는 동안 뒤에 앉아 있던 방송부 애들이 체육 선생님 이야기를 하고 있었던 것 같기도 했다. 교탁 앞에 서서 학생들을 쭉 둘러보던 체육 선생님이 나영이를 발견하고 살짝 웃어줬다. 물론 그건 나영이만의 착각일 것이다. 그리고 아마 그 순간이 바로 나영이가 사랑에 빠진 순간이었을 것이다. 원래 모든

사랑은 착각으로부터 시작된다. 생각이 많은 사람은 착각도 곧잘
하는 편이고.

　체육 선생님은 한 학기 동안 어떻게 수업을 진행할 건지 짧게
이야기했다. 3월에는 수행평가를 준비하고, 4월부턴 체육대회
종목들을 연습할 거라고. 그 외에는 이런저런 운동을 조금씩 배워
볼 거라고 했다. 그러고는 6학년이 가져야 할 마음가짐에 대한
훈화 말씀을 하셨다. 지금부터 열심히 하면 무엇이든 원하는 대로
될 거라는 이야기. 선생님은 고등학생이 된 후에야 뒤늦게 정신을
차려서, 서울대에 가고 싶었지만 실패했다는 이야기. 그렇지만
재수해서 교대에 갔고, 그렇게 선생님이 되었다는 이야기. 어릴 때
집이 아주 많이 가난해서 공부할 생각은 전혀 못 했다는 이야기.
하지만 공부는 돈 없이도 할 수 있는 거의 유일한 것이었다는
이야기. 아이들은 지루해했다. 하지만 나영이는 눈을 반짝이며
선생님이 해 주는 이야기를 들었다. 그리고 토씨 하나 빼놓지 않고
머리에 새겼다. 그 순간, 옆 분단에 앉은 경수가 선생님께 첫사랑
얘기를 해 달라고 소리를 질렀다. 나영이는 원수지간인 경수를 흘깃
째려봤다. 눈치 없고 멍청하고 놀 생각만 하는 게 정말 마음에 안
들었다. 다행히 선생님은 경수의 말에 휘둘리지 않고 하던 이야기를
끝까지 했다. 40분간의 수업. 사랑에 빠지기에 충분한 시간이었다.

[2○○년 3월 4일]

전에 방송실 앞에서 부딪질 뻔했던 사람이 알고 보니 체육 쌤이었다.

운명인가. 어떡하지? 쌤이 너무 좋다. 쌤 이야기 듣는 내내 나도 모르게 몸이

자꾸 책상 앞으로 기울었다. 더 자세히 들으려고. 더 열심히 들으려고. 나도 나중에 꽤 괜찮은 어른이 되고 나서 어린 시절의 가난에 대해 말한다면, 저렇게 멋있어 보일 수 있을까. 체육 쌤은 지금의 나를 이해해 줄 수 있을 것 같다. 그냥 뭐든 다 말할 수 있을 것 같다. 가난하지 않은 척하며 학교에 다니느라 얼마나 힘들었는지. 공부라도 잘해야 된다는 생각에 얼마나 노력했는지. 선생님은 내 마음을 알고 계실 것 같아서. 왠지 마음이 통하는 친구가 생긴 기분이다. 그리고 무엇보다 체육 쌤은… 지금까지 우리 학교에 있었던 모든 선생님을 통틀어서 가장 젊고 키가 크고 잘생겼다. 심지어 엄마랑 보는 주말 드라마에 남자 주인공으로 나오는 실장님 캐릭터랑 좀 닮은 것 같기도? 꺅! 선생님한테 잘 보이고 싶다. 선생님이랑 친해지고 싶다.

*

　　나영이는 사랑에 빠지면 전략적으로 접근하는 편이다. 체육 수업이 있는 요일은 달력에 표시까지 해 둬서 까먹을 일이 없지만, 일부러 체육복 대신 청바지를 입고 등교했다. 엄마가 출근한 틈을 타 나영이가 입으면 보풀이 생긴다고 절대 못 입게 하는 엄마의 오렌지색 니트도 몰래 입고 나왔다. 회색에 노란 줄이 들어간 못생긴 체육복 부대 사이에서 나영이의 옷은 꽤 눈에 띄었다. 그것으로 성공이다. 체육 시간에 체육복만 입으면 선생님한테 예쁜 모습을 보여 줄 수 없는 데다 눈에 띄지도 못하니까. 사실 나영이도 알고 있다. 유치한 전략을 세운다 해도 초등학교 6학년 오나영과 서른세 살 선생님 사이엔 넘을 수 없는 어떤 벽이 있다는 것을. 그렇지만 나영이는 작은 관심이라도, 잠깐의 눈길이라도 받고 싶었다.

스키니진을 입고 국민체조를 하려니 불편했지만 내색하지
않으려는 나영이의 다리를 누군가 가볍게 발로 찼다. 경수가 또
시비를 거는 건가 하고 돌아봤더니 체육 선생님이 나영이의 뒤에
서 있었다. 선생님은 웃으면서 입 모양으로 '왜－체－육－복－안－
입－었－어'라고 말하고는 나영이를 째려봤다. 나영이가 원한 게
이런 거다. 혼자만 가질 수 있는 소소하고 특별한 에피소드. 다음
주에는 체육복을 꼭 입고 오라고, 체육복 안 입고 오면 운동장에 못
내려오게 할 거라고 말씀하시는데도 그저 좋았다. 헤벌쭉한 얼굴로
알겠다고 고개를 끄덕이면서, 사랑에 빠진 나영이는 생각했다.
선생님을 못 보는 건 절대 안 되니까 이제 청바지 전략은 못
쓰겠다고.

나영이는 자신 있는 게 많았다. 때로는 실제로 잘하지 못해도
잘한다고 생각할 정도였다. 그런데 운동만큼은 어려웠다. 다섯
명씩 조를 나눠 달리기를 하면 꼴등은 무조건, 언제나 나영이었다.
초등학교 5년 내내 그랬다. 어떻게 조를 나눠도 마찬가지였다. 피구
시합이라도 하면, 공 앞에서 어정쩡하게 움직이다가 가장 잡기
쉬운 공을 몸에 맞고 초반에 아웃됐다. 농구 드리블을 두 개 이상 못
하는 건 기본이고, 발야구를 할 때도 늘 이상한 곳으로 공을 차서
친구들에게 욕을 먹었다. 그런 나영이를 체육 시간마다 주도적으로
놀린 게 경수였다. 경수의 지속적인 놀림은 그냥 넘어가지 못하고
사사건건 분노하는 나영이의 성격과 마찰을 빚을 수밖에 없었다.
그러니 두 사람은 원수가 되고도 남았다. 나영이는 체육 선생님은

좋아하지만 체육 시간은 지독하게 싫은 모순 속에서 마주하게 될
앞으로의 난관들이, 넘어야 할 산들이 약간은 두려웠다.

[20○○년 3월 11일]

체육 수업이 있는 날이었다. 오늘은 꽉 끼는 청바지를 핑계로 몸을 좀 덜 움직여도 되니까 좋았다. 다음에도 까먹은 척하고 청바지를 입고 갈까. 그럼 진짜로 운동장에 못 내려오게 하시려나. 아, 근데 선생님 때문에 좋아서 히죽거렸더니 박경수가 자꾸 쳐다보고 비웃어서 너무 짜증 난다. 나중에 또 뭘 가지고 놀릴지. 어휴. 6학년 되고 나서 다 좋은데 제일 안 좋은 게 박경수랑 또 같은 반 된 거다. 1학년 때 도서관에서 싸우다가 그림책 모서리로 맞아서 머리에 혹이 생긴 적도 있고, 3학년 때는 여름에 대나무 물총 체험을 하다가 결국 몸싸움까지 하게 되는 바람에 제일 아끼는 원피스가 더러워진 적도 있다. 그 이후로 절대 절대 같은 반이 되고 싶지 않았는데. 으 짜증 나.

*

　　나영이는 수학 성취도평가를 제법 잘 봤다. 학교에 다니는
내내 한 번도 본 적 없는 시험인데, 국가고사 때 우리 학교의 수학
성취도가 전국 대비 평균 이하로 나와서 교장 선생님이 새로
만든 시험이다. 수학은 나영이의 주력 과목이었다. 5학년 수학의
처음부터 끝까지가 시험 범위라서 1년 치 문제집을 다 살펴보고,
시험 기간에 만들어 둔 오답 노트도 보느라 공부할 게 많아서 꽤

고생했다. 시험은 생각보다 어려웠는데, 끝나자마자 정답지를
살펴보니 나영이는 2점짜리 문제 하나를 틀려서 98점을 받았다.
4점짜리 문제를 틀리면 실력이 부족한가 싶지만, 2점짜리 문제를
틀리면 거의 무조건 실수로 틀린 거라서 기분이 나쁘다. 나영이는
아무도 안 틀리는 간단한 문제를 굳이 틀려서 100점을 못 받은 게
좀 분했다. 그렇지만 처참한 수준의 친구들 시험지를 눈앞에 두고
아쉬움을 토로할 수는 없는 일이었다.

시험이 끝난 주말에는 엄마와 둘이 놀러 가는 게 나영이네
규칙이다. 특별한 걸 하는 건 아니다. 126번 버스를 타고 남포동에
가서 번화가에 끝도 없이 늘어선 분식 포차 중 63번집에 들어가
떡볶이와 파전, 어묵 같은 걸 먹는다. 63번집은 엄마가 어릴 때부터
지금까지 늘 찾는 곳이다. 배를 채우고 나서는 길가에 있는 옷
가게를 구경하며 걷는다. 운 좋으면 엄마가 옷을 한 벌 사 준다.
나영이는 엄마의 팔짱을 끼고 걸으면서 학교에서 무슨 일이
있었는지 이야기하는 걸 좋아한다. 요즘엔 입만 열면 체육 선생님
이야기만 한다고 엄마가 지겨워했지만, 나영이는 굴하지 않고
일관되게 체육 선생님 이야기만 했다. 같은 반 친구들에게는 자세히
얘기할 수가 없기 때문에, 엄마에게라도 말하지 않으면 살 수가
없었다.

어느 옷 가게 창가에 걸려 있는 연두색 트레이닝복 세트에
눈길을 한번 줬더니 엄마가 나영이를 데리고 가게로 들어갔다.
나영이는 괜히 마음에 안 드는 척 인상을 쓰면서 옷을 한번
입어 봤다. 잘 맞았다. 엄마는 가게 사장님에게 현금으로 줄

테니 5000원만 깎아 달라고 실랑이를 했다. 이미 분식 포차에
다녀왔으면서 집 가는 길에 애한테 떡볶이 사 먹여야 한다는 핑계를
대는 엄마가 좀 부끄러웠다. 나영이는 혹시나 옷 가게 사장님과 눈이
마주쳐서 엄마의 거짓말이 들킬까 봐 괜히 가게 천장에 달린 조명만
쳐다봤다. 왜 현금으로 계산할 테니까 깎아 달라고 당당하게 말할
수 있는지, 나영이는 모른다. 대신 다른 건 안다. 나영이는 엄마의
월급날이 매달 5일이라는 것을 안다. 월말이 되면 생활에 여유가
없어서 애호박 하나를 사는 데도 재고 따지고 고민하느라 시간이
한참 걸리는 것도 안다. 그래서 나영이는 수학 성취도평가를 잘
봤다는 말을 하지 못했다. 엄마 귀에는 뭐라도 사 달라는 말처럼
들릴까 봐. 나영이는 자신이 옷에 눈길을 준 탓에 엄마가 괜히
무리하는 걸까 봐 신경이 쓰였다. 그렇지만 그런 게 신경 쓰인다는
말은 차마 꺼내지 못했다.

[20○○년 3월 26일]

엄마랑 남포동 데이트를 했다. 남포동에 오랜만에 가니까 사람도 많고
재밌었다. 엄마가 연두색 추리닝을 사 줬다. 안 사 줘도 된다고 했지만
사실은 보자마자 너무 갖고 싶었다. 엄마가 체육복 입기 싫은 날 괜히
청바지 입고 가서 체육 쌤한테 혼나지 말고 이거 입으라고 했다. 윗도리는
후드티인데 소매 끝이랑 캥거루 주머니에 갈색 포인트가 있어서 귀엽다.
바지도 주머니 부분만 갈색. 연두색은 갈색이랑 어울리는구나. 새 옷 생겨서
기분 좋다. 근데 다음 월급날까지 열흘이나 남았는데 괜히 나 때문에
엄마가 힘들까 봐 걱정됐다. 그래도 티는 안 냈다. 드라마에서 보면 눈치

빠른 어린애를 보고 철이 빨리 들었다고 어른들이 안쓰러워하니까. 엄마가 마음 아픈 건 싫다. 집에 오는 길에 수학 성취도평가 98점 받았다고 엄마한테 자랑했더니 엄청나게 좋아했다. 그리고 다음에 학교 갈 일 있으면 체육 쌤 한번 보고 싶다고 했다. 내가 하도 말했더니 엄마도 궁금했나 보다. 사실 나도 보여 주고 싶은데 겉으로는 싫은 척했다. 이런 걸 상견례라고 하나. 엄마도 체육 쌤을 맘에 들어 하면 좋겠다.

*

나영이는 또 전략을 짰다. 체육 선생님에게 수학 성취도평가 성적을 자랑하고 싶어서. 우선 과목별 전담 선생님이 있는 전담실에 갈 빌미를 만들었다. 이미 알고 있는 영어 문제에 밑줄을 몇 개 치고, 물음표도 두 개 그리고, 빨간 펜으로 별표 하나를 그렸다. 모르는 문제를 핑계 삼아 영어 선생님을 보러 가는 척 체육 선생님 자리에도 들렀다 오는 게 오늘의 전략이었다. 영어 선생님이 밑줄 친 문장을 정성스럽게 해석해 주는 동안, 나영이는 하나도 집중을 못 하고 체육 선생님 자리만 쳐다봤다. 그런데 선생님은 많이 바쁜지 모니터에 코를 박고 있었다. 나영이가 전담실에 왔다는 사실조차 모르는 눈치였다. 그사이 아쉽게도 영어 선생님의 문제 풀이가 끝이 났고, 수업 시작 시간이 다가오고 있었다.

하지만 나영이는 체념하지 않았다. 좀 더 욕심을 내서 일부러 체육 선생님에게 가까이 다가가 인사를 했다. 그런데도 선생님은 나영이에게 눈길 한번 주지 않고 대충 대답했다. 서운함이 밀려왔다.

'선생님은 내가 귀찮은 걸까? 근데 내가 귀찮게 한 것도 딱히 없지 않나?'

  뭐 이런 생각을 하며 전담실을 나오다가 문을 쾅 닫아 버렸다. 그 소리에 나영이도 놀랐다. 다시 들어가서 바람이 한 짓이라고 해명하는 것도 찌질해 보일 것 같아서 고민하던 찰나, 전담실 문이 열렸다. 누가 문을 이렇게 세게 닫냐고 혼내는 누군가의 목소리를 상상하고 있는데, 목 빠지게 기다렸던 체육 선생님이 문밖으로 나왔다.

  "나영아, 쌤 너무 바빠서 니 온 줄도 몰랐다. 이번에 수학 1등 했다며? 축하해!"

  "헐 쌤, 어떻게 아셨어요?"

  "쌤은 나영이랑 관련된 건 다 알지. 나중에 쌤한테도 수학 가르쳐 줘."

  "에이, 선생님이 더 잘하시잖아요."

  나영이는 선생님이 그저 비행기를 태워 주는 걸 알면서도 기분이 좋았다. 완벽한 전략은 아니었지만 결과적으로는 선생님에게 칭찬받고 싶다는 목적을 달성해서 신이 났다. 나영이는 선생님에게 수학을 가르쳐 주는 자신의 모습을 막 상상해 보다가 괜히 부끄러워서 입이 귀에 걸린 얼굴을 손으로 가리고 교실을 향해 걸어갔다. 그때 뒤에서 달려온 누군가가 나영이의 머리를 세게 쳤다. 경수였다.

  "아 뭔데! 왜 때리는데."

  "야, 니 체육 쌤 좋아하나?"

  "뭐라는데."

나영이가 전담실에서 나와 체육 선생님과 짧은 대화를 나누는
모습을 쭉 지켜봤다면 경수가 나영이의 표정 변화를 모를 리 없었다.
나영이는 표정을 숨기지 못하는 사람이니까. 나영이는 어떻게
둘러대야 하나 한참을 고민했다. 정적을 깬 건 경수였다.

"야, 근데 내가 니 좋아하는 거 아나?"

"뭐… 뭐라고?"

"뻥이요. 오늘 만우절인데."

"니 미쳤나."

나영이는 이런 장난이 싫다. 좋아하는 마음은 소중한 건데
그걸 가지고 사람을 놀리는 게 싫다. 사실은 경수가 하는 장난이라
더 싫다. 순간적으로 나영이는 경수와 3학년 때 대나무 물총을
무기 삼아 육탄전을 벌인 날이 생각났다. 그때만큼 제대로 때리고
싶었단 뜻이다. 그때 나영이는 인생에서 처음이자 마지막으로
반성문이라는 걸 써 봤다. 도서관에서 책을 읽거나 집에 가서
교과서를 복습하는 게 일상이고, 친구들과는 중간고사나
기말고사가 끝난 날에만 번화가에 나가서 놀며, 선생님들한테
예쁨받는 게 익숙한 모범생인 나영이에게는 수업도 못 듣고 복도에
나가서 반성문을 쓰는 건 엄청난 사건이었다. 심지어 그 이유가
경수라니. 나영이의 인생에 가장 수치스러운 순간이었다. 모르긴
몰라도 친구들도 분명히 놀랐을 거다. 하지만 그때와 지금은 다르다.
나영이는 이제 6학년이다. 경수가 화나게 해도 참을 줄 아는 나이다.
참는 사람이 더 어른이니까.

아무튼 만우절은 온갖 거짓말을 마음껏 하는 날. 점심시간마다

같이 밥을 먹는 나영이의 친구들 역시 마찬가지였다. 아이돌 멤버 누구와 남매 사이라느니, 옆 학교에 쌍둥이 언니가 다니고 있다느니 하는 것들. 나영이는 그런 장난에 재능이 있는 친구들을 보며 웃고, 순수하고 착한 애들이 속아 넘어가는 걸 보면서 또 웃었다. 만우절이라고 다 거짓말만 하는 건 아니다. 누구를 좋아하는지 은근슬쩍 진심을 말해 놓고는, 사실은 거짓말이라고 거짓말할 수 있는 1년에 단 한 번뿐인 기회이기도 하다. 나영이는 이 재밌는 눈치 게임 속에서 누가 거짓말인 척 진짜를 말하는지 관찰하는 걸 즐겼다.

　　"나 민혁이 좋아해."
　　예원이가 뜬금없이 민혁이를 좋아한다고 했다. 나영이는 이번에 같은 반이 되기 전까지는 민혁이라는 애가 학교에 다니고 있는지조차 전혀 알지 못했다. 어쩌면 예원이가 말해서 그 이름을 처음 들은 사람도 있을 것이다. 민혁이의 미미한 존재감과 조용한 성격 때문에 대화 한번 안 해 본 친구들이 태반이라, 예원이의 고백에 누구도 제대로 반응하지 못했다. 걔 좀 괜찮은 것 같다거나, 걔 진짜 별론데 눈이 삐었냐거나, 공감을 해 주든 놀리기를 하든 무슨 말을 해 주고 싶어도 누군지를 알아야 할 텐데. 한창 시끄럽던 만우절 토크가 갑자기 시들해졌다.

　　예원이는 결국 소심하게 뻥이라고 말했다. 나영이는 그런 예원이의 표정을 살폈다. 별 반응이 없으니 아쉬워하는 표정, 약간 부끄러운지 빨개진 얼굴, 예원이가 한 말이 진심이라는 것을 곧바로 알아챌 수 있었다. 예원이의 거짓을 가장한 고백에 이어 나영이도 체육 선생님을 좋아한다고 말할까 하고 잠시 고민했지만, 그냥 아무 말도 하지 않았다. 진심을 장난인 척 말하고 싶지 않으니까. 어차피 아무도 이해 못 할 테니까. 나영이는 민혁이를 슬쩍 쳐다봤다. 학교에서 제일 예쁘고 인기도 많은 예원이가 좋아하는 애는 어떤 애인지 궁금했다. 쉬는 시간마다 엎드려 있어서 얼굴도 잘 안 보이는데 예원이는 민혁이를 어떻게 좋아한 걸까. 그 애의 어떤 점이 좋았을까. 궁금했다.

[20○○년 4월 1일]

전담실에 체육 쌤 보러 갔다가 박경수 마주쳤는데 완전 이상한 소리 했다. 만우절이라고 '고백 장난' 치는 애들이 제일 한심하다고 생각했는데 박경수가 그 짓을 나한테 했다. 우웩. 하, 근데 만약에 박경수가 나를 진짜로 좋아하면 어떡하지. 그러면 난 전학 가 버릴 거다. 하, 근데 전학 가면 체육 선생님이랑도 끝인데. 그냥 박경수를 전학 가게 해 버릴까. 당장 갔으면 좋겠다. 어휴. 잠깐이나마 당황한 내 표정 보면서 재밌어했을 박경수를 생각하면 진짜 너무 화가 난다. 엄마한테 말했다간 무조건 경수 엄마 귀에도 들어갈 테니까 말도 못 하고. 박경수보다 생일 빠른 내가 참는다. 난 어른이니까. 그나저나 결국 체육 쌤 좋아한다는 얘기는 아무한테도 못 했다. 다른 애들을 무시하는 건 아니지만, 같은 학교 친구를 좋아하거나 TV에 나오는 아이돌 가수를 좋아하거나 둘 중 하나인 애들이 선생님을 향한 내 마음을 제대로 이해할 수 있을 것 같지는 않다. 어쩔 수 없지.

　나영이는 아침부터 심기가 불편했다. 아침 방송 조회가 끝나고 찾아온 은지가 가져온 소식 때문이다.

　"3학년 6반 최문정 쌤이랑 체육 쌤이랑 주말에 스테이크 먹었대!"

　그 말을 듣는 순간, 심장이 덜컹했다. 비록 스테이크를 한 번도 먹어 본 적은 없었지만, 특별한 날에만 먹는 음식이라는 건 알고 있었다. 드라마에서 서로 좋아하는 게 빤히 보이는 남녀가 스테이크를 앞에 두고 간질거리는 대화를 하는 걸 자주 봤다. 대체 둘이 무슨 사이지? 나영이는 머릿속이 복잡해졌다. 그러다 짜증이 다른 데로 튀었다. 그 선생님은 왜 방송부 애들 앞에서 그런 얘기를 한 거지? 은지는 왜 아침부터 그 얘길 해서 하루 종일 그 생각만 나게 만드는 거지? 결국 나영이는 수업에 집중을 하나도 못 하고 스테이크만 생각했다. 하도 생각하다 보니 배가 고플 만큼 계속계속 생각했다.

　쉬는 시간에 화장실에 가던 나영이는 체육 선생님과 딱 마주쳤다. 평소의 나영이라면 쉬는 시간이 끝날 때까지 선생님을 차지하려고 온갖 전략을 세웠을 텐데 그냥 고개만 꾸벅 숙이고 지나갔다. 나영이는 기분이 얼굴에 다 드러난다. 얼굴에만 드러나는 게 아니다. 행동에도, 목소리에도, 어쩌면 숨소리에도 드러난다. 그러니 누구라도 나영이에게 불만이 있는 걸 알 수밖에 없었다. 다음 쉬는 시간, 체육 선생님이 나영이를 교사연구실로 불렀다. 선생님들끼리 회의할 때 쓰는 곳에 불려 간 나영이는 긴장해서 이리저리 눈알을 굴렸다. 심부름이 있는 날이 아닌 이상 들어갈 일 없는 낯선 공간이었다. 눈알과 함께 나영이의 머릿속도 정신없이 굴러갔다.

"나영아. 니 문정 쌤이랑 내랑 주말에 밥 먹었다는 얘기 들었다매?"

나영이는 가슴이 철렁했다. 선생님이 먼저 그 얘기를 꺼내는 게 이상했다.

"쌤이랑 내랑 아무 사이도 아니다. 괜히 오해하지 마리. 알겠제?"

오해하지 말라고 하면 더 오해하고 싶어지는 게 사람의 마음이었다. 나영이는 '그냥 밥이 아니라 스테이크잖아요'라고 말하고 싶었지만 참았다. 체육 선생님이 달래듯이 말하고 있지만 사실은 긴장했다는 게 느껴졌기 때문이다. 선생님은 나영이가 졸업하고 나면 고기를 사 주겠다는 둥, 사실은 친한 선생님들이 다 같이 모임을 한 거라는 둥, 땀을 흘려 가며 해명했다. 비밀을 숨기지 못하는 어른의 변명을 지켜보는 건 왠지 부끄러운 일이었다. 하지만 나영이는 아무런 내색도 하지 않고 선생님이 하는 얘기를 끝까지 들어 줬다.

[2애년 4월 5일]

은지랑 같이 집에 가려고 기다리다가 최문정 쌤 마주쳤다. 솔직히 인사하기도 싫어서 바로 고개를 돌려 버렸는데, 아무래도 너무 정면으로 마주쳤는지 선생님이 먼저 나한테 인사를 하셨다. 체육 선생님을 뺏어 간 마녀로 보여야 하는데 그냥 상냥한 천사로 보였다. 그만큼… 아름다웠다.

이런 식이면 아무리 나라도 인정할 수밖에 없다. 하, 오늘 체육 쌤을 보내 줬다. 그래. 선생님도 어른이니까 자유롭게 연애할 수 있다. 나는 애니까 자유롭게 실망할 수 있고. 그치만, 그 쌤이랑은 스테이크를 먹었으면서 내가 졸업할 때는 삼겹살을 사 준다는 게 솔직히 진짜 좀 서운했다. 어른이 되면 이런 작은 서운함을 느끼지 않게 되는 걸까? 선생님 앞에서는 아무렇지 않은 척했지만, 괜찮아지려면 시간이 좀 걸릴 것 같다. 나이라는 뛰어넘을 수 없는 장벽이 있기는 했지만, 나 정말 진심으로 체육 쌤이랑 결혼까지 생각했나 보다. 그치만 선생님은 좋은 어른이고 멋있는 사람이니까 계속 좋아하고 존경할 거다. 그리고 나는 선생님의 1호 팬이니까, 나만 아는 선생님의 비밀도 잘 지켜 줘야지. 행복하세요. ㅠ

*

    4월, 나영이가 가장 좋아하는 달이다. 생일이 있는 달이기 때문이다. 생일이라고 특별한 일이 있는 건 아니지만, 그냥 1년에 딱 한 번 나와의 기념일이 있는 게 즐겁다. 이제 체육대회도 한 달 정도 남았다. 체육 선생님이 종목을 설명했다. 여섯 번째 체육대회니까 다들 심드렁한 표정으로 선생님 말씀을 들었다. 나영이도 마찬가지다. 100미터 달리기, 계주, 이인삼각, 단체 줄넘기, 줄다리기, 그리고 반 대항 피구가 주요 종목이겠지. 그동안 해 온 게 있으니 체육 시간이 되기도 전에 마음속으로 각자 출전할 종목을 정해 뒀을 거다. 그런데 선생님이 황당한 소리를 했다. 이번엔 '짝피구'라는 걸 한단다. 나영이는 처음 들어 보는 세 글자에 잠깐 사고회로가 정지됐다. 너나 할 것 없이 모두 웅성거렸다. 체육 선생님은 아이들을 진정시키고 이렇게 말했다. 평범한 피구는 오랫동안 해 왔으니까, 이번에는 남자와 여자가 짝을 이뤄 공을 피하는 짝피구를 해 보면 어떻겠냐고. 반 분위기도 좋아지고 마지막 체육대회에서 재미난 추억도 만들 수 있을 거라고.

대놓고 말은 안 했지만, 6학년 남녀 사이가 유독 안 좋은 걸 의식하고 만든 종목 같았다. 하지만 나영이는 짝피구로 갈등이 더 심해질 거라고 생각했다. 눈만 마주쳐도 싸움이 나는데 어떻게 서로를 지켜 주고 함께 살아남기를 기대하는 건지. 여자아이들을 조폭 마누라라고 놀리는 철없는 남자아이들이 짝피구 연습 몇 번 한다고 잘못을 뉘우치고 성숙해질 리가 있나. 경기의 승패가 가벼운 말싸움이 되고, 그게 몸싸움으로 번지는 것도 하루 이틀이 아닐 거다. 그런데 무슨 짝피구? 이상한 종목이 새로 생겼다는 소식에 반 분위기가 눈에 띄게 안 좋아졌다. 복도에서 지나가다 어깨만 스쳐도 싸움이 나는 마당에 어떻게 꼭 붙어서 공을 피하는 짝이 된단 말이지. 나영이는 선생님의 아이디어가 끔찍했다. 이건 아무리 체육 선생님을 좋아해도, 어떻게 해 줄 수가 없는 부분이었다.

모두가 기피하는 짝피구 종목의 탄생으로 인해, 별 긴장감 없던 체육대회 출전 종목 선정이 피 튀기는 싸움으로 바뀌었다. 100미터 달리기와 계주는 이미 체육 시간에 개인 기록을 측정해서 반 대표 선수를 뽑았고, 이인삼각은 아쉽게 계주 선수로 선발되지 못한 친구들이 출전권을 가져갔다. 줄다리기는 반 전체가 참가하는 거니까 넘어가고, 단체 줄넘기 종목에 선발되지 못하면 꼼짝 없이 짝피구를 해야만 하는 상황이 됐다. 그러니 모두가 단체 줄넘기 출전권을 따내기 위해 이를 갈았다. 하지만 나영이는 자신이 없었다. 실내화를 신고 할 수 있는 모든 과목(예를 들면 국어, 수학, 영어, 사회, 도덕, 음악, 미술)은 자신 있지만, 운동화로 갈아 신고 하는 모든 과목(예를 들면 체육, 체육, 체육, 체육…)은 전부 엉망이니까. 자신은 없어도, 끔찍한 짝피구를 피하기 위해 단체 줄넘기를 잘해 보려고 애썼다. 그렇지만 몸이 마음 같지 않았다. 줄 안으로 들어갈 타이밍을 놓쳐 민폐를 끼치거나 겨우 줄 안에 들어가도 발이 걸려 버리는 상황이 반복됐다.

체육 시간에 부끄러운 모습을 보이는 게 싫어서 가능하면 노력조차 안 하는 편인데, 짝피구 하나 때문에 이렇게까지 애를 쓰고, 또 이렇게까지 창피를 당하는 스스로가 너무 부끄러웠다. 나영이의 머릿속에는 '쿨하지 못해 미안해' 같은 유행어가 자꾸 맴돌았다. 인생에 가장 치열하게 임하는 체육 시간이 짝피구를 피하기 위해 어떻게든 단체 줄넘기에 나가보려고 애쓰는 순간이라니. 쿨하지 못해서 부끄러웠다. 줄에 걸리는 횟수가 늘어날 때마다 짝피구 때문에 예민해진 친구들의 눈초리를 한 몸에 받는 것 역시 불편하고 부담스러운 일이었다. 그렇게 너무 당연하게도, 나영이는 단체 줄넘기 출전권을 얻지 못했다.

나영이는 짝피구를 하게 되었다. 어쩌면 진작부터 정해진 결과였다. 단체 줄넘기에 나갈 수 없게 된 아이들과 평소에 피구를 잘해서 선택된 아이들을 포함해 남자 6명, 여자 6명이 뽑혔다. 선생님은 알아서 짝을 정하라고 했지만 누구도 나서지 않으니까 결국 제비뽑기로 짝을 정하게 됐다. 나영이의 짝은 민혁이가 되었다. 나영이는 거의 대부분의 같은 반 친구들과 한 번쯤은 이야기도 나눠 보고, 하다못해 싸우기라도 해 봤지만 민혁이와는 거의 모르는 사이나 다름없다. 말도 별로 없고 늘 있는 듯 마는 듯 존재하다 보니 예원이가 만우절에 얘기를 꺼냈을 때 거의 처음으로 민혁이의 존재를 인식했다. 그 이후로 아주 가끔 눈이 마주치긴 했지만. 민혁이와 짝이 된 나영이는 괜히 예원이의 눈치가 보였다.

[20○○년 4월 8일]

체육대회에 짝피구 종목이 생겼다. 진짜 나가기 싫어서 단체 줄넘기라도 열심히 해 봤는데 잘 안됐다. 그럼 그렇지. 체육 쌤이 짝피구 짝 정해 줬는데 민혁이랑 됐다. 예원이가 째려봐서 너무 불편했다. 예원이는 반에서 달리기를 제일 잘해서 100미터 달리기와 계주 종목에 출전한다. 내가 달리기를 잘했다면 예원이와 출전 종목을 바꿔 주고 싶은 심정이다. 그 정도로 눈치가 보였다. 솔직히 예원이랑은 그렇게 친한 것도 아닌데 왜 이렇게 신경이 쓰이는지 모르겠다. 체육대회는 그냥 반에서 단체로 맞춘 티셔츠 같은 거 입고 반장이 돌리는 콜팝 같은 거 먹으면서 노는 날이었는데. 왜 마지막 체육대회가 이렇게 골치 아프게 됐냐.

*

　짝피구 연습이 시작됐다. 첫 연습 상대는 반 애들끼리 사이가 좋기로 유명한 6학년 4반이었다. 호흡이 착착 맞는 4반과는 달리

나영이네 반의 분위기는 심각했다. 서로 닿는 것도 싫어서 앞사람의 옷을 손끝으로 티끌만큼 잡고 뚝딱거렸다. 그러니 날아오는 공을 맞기도 쉬웠다. 그에 비하면 4반 선수들은 마치 한 몸처럼 움직였다. 나영이도 민혁이의 허리춤을 살짝 잡고 공을 피하려고 애썼다. 비록 그 모양은 엉거주춤했지만, 나름대로 최선을 다하고 있었다. 나영이는 민혁이의 몸놀림이 가볍고 여유롭다는 생각을 했다. 반면, 자신의 몸은 너무나도 굼뜨고 묵직했다. 가뜩이나 운동을 잘 못하는데 긴장한 탓에 힘이 들어가 몸이 점점 더 굳는 것 같아서 미칠 노릇이었다. 민혁이의 그림자가 된 것처럼, 민혁이가 살랑살랑 움직이면 나영이는 잔상처럼 1.5초쯤 뒤에 그를 따라갔다. 허둥대느라 정신이 없는 나영이의 표정은 어두워지고 있었다. 그치만 공을 맞는 것은 죽어도 무서우니까 민혁이의 허리춤을 꼭 잡고 열심히 공을 피했다. 나영이의 손에는 땀이 흥건했다.

　　다른 남자애들은 어떻게든 공을 잡고 공격하려고 하는데, 민혁이는 공을 피하는 데에만 집중했다. 빠르게 움직일 때는 나영이가 공을 안 맞게 하려고 팔로 가드를 쳤다. 잘난 척인지 도전 정신인지 공을 잡아 보려고 욕심내다 아웃되는 애들이 하나둘씩 늘어가고, 결국 6학년 3반의 마지막 남은 주자는 나영이와 민혁이가 됐다. 엉성한 움직임이 모두의 주목을 받는다고 생각하니 나영이는 몸과 머리가 동시에 더 무거워지는 것 같았다. 정녕 내 몸이 내가 생각하는 대로 움직여지지 않는 게 맞는지, 나영이는 믿기지가 않았다. 결국 민혁이의 뒤에 완벽히 숨지 못한 나영이의 팔에 공이 맞아 두 사람은 아웃됐다. 나영이는 공이 오가는 코트 안에서 이렇게나 오래 살아남은 게 신기했다. 처음 있는 일이었다. 고맙다고 수고했다고 말하고 싶어서 민혁이를 쳐다보는데, 민혁이의 눈길이 다른 곳을 향해 있었다. 나영이와 민혁이를 아웃시킨 4반 남자아이. 민혁이는 그 친구를 그냥 쳐다보는 게 아니라, 노려보고 있었다.

"어후, 그걸 못 피하냐."

그 와중에 경수가 달려 나와서 나영이에게 야유를 보냈다. 나영이는 숨이 차고 힘든 와중에 경수가 깐족대는 게 정말이지 꼴 보기 싫었다. 화를 내기도 지쳐서 그냥 무시하고 체육 선생님을 한번 쳐다봤다. 선생님은 웃으면서 입 모양으로 '잘-했-어-'라고 하셨다. 그 덕에 나영이도 슬며시 웃었다. 민혁이 덕분이긴 하지만, 그래도 뿌듯했다. 땀 흘려 운동하는 거 꽤 재밌는 일이구나, 이런 생각을 하면서 스스로에게 놀랐다. 첫 연습에 이 정도라면 앞으로 남은 연습도 크게 힘들지는 않겠다고 마음대로 생각해 봤다. 수업 종이 쳐서 교실에 들어가려는데 민혁이가 나영이의 팔을 붙잡았다. 공 맞은 쪽 팔을 좀 보자고 했다. 당황한 나영이가 괜찮다고 하는데도 민혁이는 나영이의 팔을 들어 올려 꼼꼼히 살폈다.

"세게 맞은 건 아니라서 다행이다. 다음부턴 너 공 안 맞게 할게."

나영이는 괜히 기분이 이상해졌다. 그런 말을 눈도 못 쳐다보고 하는 민혁이도 이상해 보였다.

[20에년 4월 13일]

오늘 4반이랑 짝피구 연습을 했다. 계속 버벅댔는데 민혁이 덕분에 마지막까지 살아남았다. 짝피구를 연습하는 내내 예원이는 내 가까이엔 오지도 않고, 친구들이랑 귓속말을 하며 무서운 시선으로 나를 쳐다봤다.

일기장엔 예쁜 말만 쓰고 싶지만, 쳐다본 게 아니라 야렸다고 하는 게
더 맞을 것 같네. 암튼 팔에 공 맞았다고 민혁이가 걱정했는데 내 팔을
그렇게까지 집요하게 쳐다보는 사람은 살면서 처음이라 깜짝 놀랐다.
그 순간 심장이 너무 빨리 뛰었다. 나도 놀랄 만큼. 오랜만에 땀 흘리며
운동해서 심박수가 올라간 걸지도. 아무튼 민혁이는… 어떤 애인지는 아직도
잘 모르겠지만 꽤 착한 것 같다.

*

체육대회가 2주 남았다. 중간고사는 이틀 남았다. 지금 더 급한
건 중간고사인데, 모두들 체육대회밖에 모르는 것처럼 보였다.
분위기가 그러니까 딱히 집중도 안 되고. 여자애들은 체육대회
때 뭘 입을 건지 머리는 어떻게 할 건지 화장은 또 어떻게 할 건지
고민하느라 정신이 없어 보였다. 그래 봤자 체육복에, 그래 봤자
매일 보는 친구들이랑 함께하는 체육대회인데 왜 다들 호들갑인지
모르겠다. 아마 나영이도 이틀 뒤면 자연스레 그 대화에 합류하게
되겠지만, 지금은 그런 고민들이 다 사치스럽게만 보였다.
남자애들 사이에선 묘한 신경전 같은 게 느껴졌다. 체육대회
달리기 순위가 자기들 서열에서 중요한 역할을 하는지 누가
누구보다 빠르다는 말에 버럭 하는 목소리가 자주 오갔다. 쉬는
시간만 되면 체육대회 이야기를 하느라 바쁘고, 점심시간만 되면
밥은 마시듯이 후루룩 먹어 버리고 운동장으로 달려 나가 연습에
박차를 가하는 아이들. 나영이도 날이 따뜻해지니 괜히 들떴지만
그런 티를 내고 싶지는 않았다. 왠지 너무 애 같아서. 그리고 당장은

중간고사가 훨씬 중요하니까.

그렇다고 혼자 교실에 있기도 뭐해서 나영이도 운동장에 내려갔다. 스탠드에 앉아서 계주 연습을 하는 아이들을 지켜봤다. 친구들과 조금씩 거리감이 드는 것 같았다. 특히 예원이와 친한 친구들과 더 그랬다. 그렇다고 그걸 티 내진 않았다. 그것도 너무 애 같아서. 저 멀리 예원이와 경수가 계주 순서를 가지고 실랑이하고 있었다. 둘 다 마지막 주자가 되고 싶어서 싸우는 것 같았다. 체육대회의 꽃이라 불리는 계주의 마지막 주자는 누구나 탐낼 만한 멋있는 역할이니까 서로 차지하고 싶어서 으르렁대는 것도 당연하다. 힘을 합쳐야 이길 수 있는 종목이라도 주목받는 사람은 정해져 있다는 게 웃기기도 하고 슬프기도 했다. 한편으로 나영이는 자신의 처지도 좀 웃기고 슬펐다. 요즘 나영이를 가장 힘들게 하는 두 사람이 꼴도 보기 싫지만, 공부에 집중도 안 되고 심심하니까 운동장까지 내려와 두 사람의 신경전을 바라보는 것 말고는 할 수 있는 게 없다니. 경수가 싫은 건 하루 이틀 일도 아니지만, 예원이와 이렇게 될 줄은 상상도 못 했다. 지난주부터는 아예 교실에서도 나영이를 모른 척했다.

"경수가 너한테만 그러는 게 아닌가 봐."
언제부터 옆에 앉아 있었는지 모를 민혁이가 중얼거렸다. 옆에 있는 사람에게만 들리도록 아주 작게. 나영이는 좀 놀랐다. 짝피구를 연습할 때가 아니면 별말이 없는 민혁이가 갑자기 시키지도 않은 말을 하니까. 멀뚱멀뚱 쳐다보는 나영이를 쓱 쳐다보고는 민혁이가 한마디 덧붙였다.

"쟤가 맨날 너 괴롭히잖아."

경수가 나영이를 괴롭히는 건 전교생이 다 아는 사실이긴 하지만, 쉬는 시간에 엎드려 있기만 하는 민혁이가 어떻게 그런 사정들을 다 알고 있을까. 어떻게 아냐고 물어볼 수도 없고, 알아줘서 고맙다고 할 수도 없고, 뭐라고 대답을 해야 할지 고민이 됐다.

그때 은지가 나영이를 불렀다. 점심시간에는 불 꺼진 방송실에만 틀어박혀 있는 은지가 해가 쨍쨍한 운동장에 나와 있는 것이 낯설었다. 은지는 사람이 없는 화단 근처로 나영이를 불러내서 말했다.

"내가 생각을 좀 해 봤는데, 짝피구할 때 꼭 남자가 앞에 서고 여자가 뒤에 서야 하는 거 좀 이상하지 않나?"

"응?"

"그렇잖아. 내가 김성은보다 키가 큰데 왜 걔 뒤에 숨어야 돼? 잘 숨어지지도 않는다."

"아, 그렇긴 하지. 그래도 남자애들이 더…."

"더? 뭐? 더 잘한다고? 우리는 걔들 허리 잡고 쫓아다니면서 두리번거리기 바빠서 공은 아예 잡아 보지도 못하잖아. 막상 해 보면 우리가 더 잘할지 어떻게 아노."

나영이는 이번에도 뭐라고 대답해야 할지 고민이 됐다.

[20애년 4월 20일]

오늘따라 대답하기 어려운 순간들이 많았다. 은지가 하는 말이 맞는

매실과 짝피구

말인 걸 아는데, 제대로 반응을 못 하겠다. 나도 은지처럼 운동신경이

좋으면 짝의 역할을 실력에 맞게 바꾸는 게 맞다고 말할 수 있었을까?

아니지. 내가 좀 키도 작고 덩치도 작았으면, 당연히 뒤쪽에 서야 하는

상황이었으면, 은지 말이 맞다고 좀 더 자신 있게 말할 수 있었을까. 음.

은지도 나름대로 용기를 내서 한 말일 텐데 내가 어버버하고만 있어서 별

도움을 못 준 것 같아 미안했다. 하지만 정말 은지의 말대로라면 내가

민혁이보다 가로 너비가 크니까 앞에 서는 게 나으려나. 공만 보면 몸이

둔해지는 내가 공격 역할을 하는 건 상상만 해도 너무너무 싫다. 그리고

민혁이보다 덩치가 커서 앞에 섰다고 놀림받기 싫다. 모두가 알고 있는

사실이라 해도 놀릴 만한 먹잇감을 내 손으로 던져 주고 싶지는 않았다. 그

와중에, 하나뿐인 절친 은지마저 이런 나를 싫어하게 될까 봐 또 두렵다.

나는 왜 이렇게 생각이 많을까. 체육대회 하기 싫다. 그냥 중간고사

공부에만 집중하고 싶다.

*

[20ᅢ년 4월 22일]

중간고사가 끝났다! 새 학기 첫날부터 긴장하고 있던 중간고사. 6학년이

되고 나서 처음으로 친 중간고사. 열심히 한 만큼 잘 나온 것 같아서 기분도

좋다. 아직 등수는 안 나와서 모르겠는데 전 과목 다 합해서 세 개 정도

틀렸으니까 전교 1등 아니면 2등일 것 같다. 아싸. 엄마랑 남포동 가서

영화 보고 피자 먹고 생일 선물로 운동화도 샀다. 체육대회 때 신어야겠다.

엄마가 요즘엔 왜 체육 쌤 얘기 잘 안 하냐고 물어봤다. 그리고 민혁이에 대해서 자꾸 물어봤다. 내가 요즘 짝피구 얘기만 해서 그런가. 근데 나도 그 애에 대해서 아는 게 없어서 대답 못 하는 것들이 좀 많았다. 민혁이는 공부 잘하려나. 다음에 연습할 때 물어봐야지. 운동도 잘하는데 공부도 잘하면 왠지 배신감 느껴질 것 같다. 얼굴도 나쁘지 않으니까…. 엥? 일기 그만 써야지….

*

　　교내 방송에 체육 선생님의 목소리가 울려 퍼졌다.
　　"알립니다. 짝피구 종목에 출전하는 6학년 학생들은 모두 2교시 쉬는 시간에 운동장으로 내려와 주시기 바랍니다."
　　체육 수업이 없는 날에, 방송으로, 그것도 1반부터 6반까지 다 합해서 서른 명이 넘는 짝피구 출전자 모두를 불러내니 다들 당황한 눈치였다. 여럿이 모인 운동장은 금방 시끄러워졌다. 몇몇 애들은 짝피구 종목이 없어지는 거 아니냐며 웅성거렸고, 또 다른 애들은 지금이라도 그냥 피구로 바꿔 달라고 건의하자며 장난을 쳤다. 그러다 체육 선생님이 등장하니 곧바로 조용해졌다. 체육 선생님은 꽤 심각한 얼굴을 하고 있었다. 그러고는 짝피구 종목 운영 방식에 대해서 다시 고민해 봐야 할 것 같다고 말씀하셨다. 별 생각 없이, 선생님이 대학생 때 하던 것처럼 남녀가 짝을 이뤄 남자가 앞에, 여자가 뒤에 서서 공격과 수비를 하는 방식으로 짝을 지은 게 잘못됐던 것 같다고, 미안하다고 하셨다. 아무도 그런 생각은 해 본 적이 없는지, 어떤 반응을 보여야 할지 몰라서 약간

매실과 짝피구

당황한 눈치였다. 나영이는 은지를 한번 쳐다봤다. 은지도 나영이를 쳐다보고는 씩 웃었다. 며칠 전 나영이에게 이야기하고 곧장 체육 선생님을 찾아가서 이야기한 것 같았다. 나영이는 은지가 일종의 이의제기를 잘해 낸 게 대단하기도 하고 멋지기도 했다. 한편으로는 은지의 의견에 아무런 지지나 도움이 되어주지 못했다는 사실에 약간은 힘이 빠졌다.

짝과 의논해서 누가 앞에 서고 누가 뒤에 설 것인지, 누가 공격을 담당하고 누가 수비만 할 것인지 원하는 대로 정하라는 말에 다들 웅성거렸다. 갈피를 못 잡고 있는 아이들 사이로, 은지가 성은이를 향해 척척 걸어갔다. 모두가 주목하는 가운데 은지가 말했다.

"야, 김성은. 이제 이 누나가 니 지켜 준다. 니가 내 뒤에 서는 게 낫겠제?"

은지의 말을 들은 성은이의 얼굴이 새빨개졌다. 싫은 눈치는 아니었다. 아니, 오히려 좋아하는 눈치였다. 아마 그 순간 모두의 마음속에 똑같은 질문이 피어올랐을 것이다. 성은이가 은지를 좋아하나? 그러고 보니 6학년을 통틀어서 유일하게 자진해서 짝피구를 하겠다고 손을 든 애들이 은지랑 성은이다. 학원도 같이 다니고 엄마들끼리도 친하고. 둘이 무슨 사이일까. 나영이는 자신의 관찰력이 가장 가까이 있는 은지에게는 닿지 못했다는 사실에 탄식했다.

나영이가 은지를 쳐다보면서 이런저런 생각을 하는 동안 민혁이는 옆에 가만히 서 있었다. 언제부턴가 민혁이는 운동장에만 나오면 나영이 옆에 아무 말 없이 서 있기만 했다. 그러다 민혁이가 입을 열었다.

"우리는 계속 그대로 할래? 너 공 무서워하잖아."

나영이가 바라던 말이었다. 나영이는 민혁이를 보고 알겠다고 고개를 끄덕였다. 날아오는 공을 잡아 본 역사가 초등학교 재학 기간 5년을 통틀어 단 한 번도 없는 데다, 둔한 몸을 이끌고 공만 피하는 것도 힘든데 뒤에 민혁이까지 매달려 있다고 생각하면, 차라리 체육대회 때 결석하는 게 나을 것 같다고 생각하던 참이었다. 나영이는 언제나 잠자코 있다가 제때 나타나서 필요한 말만 하는 민혁이가 맘에 들었다. 고마운 건지 설레는 건지는 모르겠지만 민혁이랑 계속 이렇게 지내고 싶은, 아니 더 가깝게 지내고 싶은 마음이 생겼다.

반마다 두세 명씩 짝을 교체하거나 역할을 바꿨다. 마치 큰 시합 전에 팀을 재정비하는 국가대표팀 같은 분위기였나. 민혁이와 나란히 서 있는 나영이를 보고 체육 선생님이 피식 웃었다. 나영이가 선생님한테 왜 웃냐고 물어봤더니, 선생님은 또 입 모양으로 '그-냥-' 하고 말씀하셨다. 옆에 서 있는 민혁이를 잠깐 쳐다봤는데, 인상을 팍 쓰고 있었다. 체육 선생님 때문인가? 아무래도 해가 눈부셔서 그런 거겠지. 나영이는 체육 선생님의 묘한 웃음의 의미를 알 것 같다가도 잘 모르겠다.

[20○○년 4월 25일]

이제 체육대회가 조금 기대된다. 그렇게 싫었던 짝피구가 점점 재밌다.

은지가 건의해서 짝피구에서 누가 공격과 수비를 할 건지를 성별과 상관없이 정하게 됐다. 그래서 은지랑 성은이는 역할을 바꿨다. 문득 그런 생각이 들었다. 저녁마다 보는 드라마에선 돈 많고 잘생기고 키 큰 실장님이 가난하고 마르고 예쁜 신입사원과 사랑에 빠진다. 실장님은 신입사원을 지켜 주는 방식으로 사랑하고, 신입사원은 실장님에게 의지하는 방식으로 사랑한다. 그렇다면 사랑은 꼭 '누군가를 지켜 주는 것'과 '누군가에게 보호받는 것'으로 이루어지는 건가? 그렇다면 연애는 역할극인가? 흠, 그러고 보니 드라마에서 돈 많은 여자와 가난한 남자 또는 잘나가는 여자와 능력 없는 남자의 사랑 이야기는 거의 본 적이 없는 것 같다. 그래도 뭐, 내 눈앞에서 은지랑 성은이가 드라마 한 편을 찍고 있으니까 재밌긴 했다.

나는 어떤 사랑을 하고 싶을까? 나를 지켜 주는 사람과 나한테 의지하는 사람. 그럼 내가 체육 선생님을 좋아했던 건 둘 중 어떤 마음이었을까? 선생님이 나 같은 초등학생한테 뭘 의지하진 않겠지만. 아, 수학 가르쳐 달라고는 했었지만 장난이겠지? 그렇다고 나를 지켜 주는 건 또 아니지. 나도 선생님에게 의지하고 싶다고 생각한 적은 딱히 없다. 그냥 친해지고, 칭찬받고 싶었을 뿐. 흠. 그냥 멋있는 건데. 멋지기만 한 거면 '뮤직뱅크'에 나오는 연예인 좋아하는 거랑 별로 다를 게 없나. 그럼 체육 쌤은 나만의 아이돌일 뿐이었나? 아휴. 어렵네. 사람 마음.

아, 맞다. 그나저나 민혁이가 우리는 지금처럼 계속 짝피구를 하자고 해서 다행이다. 민혁이는 점심시간에 밖에 잘 안 나가서 그런지 얼굴도 하얗고,

잠을 많이 자서 그런지 머리에는 항상 까치집이 있다. 책상에 얼굴을 박고 엎드려 자는데 왜 뒤통수에도 까치집이 있는 거지. 다음에 한번 물어봐야겠다. 민혁이는 말랐지만 다부진 애다. 그러니까 짝피구를 하는 내내 엉거주춤하고 서 있는 나까지 지켜 주는 거겠지. 내 얼굴엔 요즘 주근깨가 너무 많이 생기는데, 그 애 얼굴엔 주근깨가 하나도 없고 깨끗한 게 신기하다. 그러고 보니 민혁이는 종종 나한테 말을 거는데, 내가 먼저 말을 걸어 본 적은 없네. 내일은 내가 먼저 말 걸어야지.

*

　　아직 4월인데 벌써 낮에는 땀이 나게 더운 게 이상하다고 생각하며, 나영이는 엄마가 사 준 연두색 트레이닝복을 더 더워지기 전에 마지막으로 입었다. 반팔옷을 입기에는 약간 이른 것 같고, 긴팔옷을 입기는 이제 슬슬 지겹긴 하지만 역시 생일에는 좋아하는 옷을 입어야 기분이 좋다. 중간고사가 끝나서 체육대회 연습 시간이 더 늘어났다. 운동장에 나갈 일이 많아진 만큼, 나영이는 괜히 옷차림에 더 신경을 쓰게 됐다. 옷이 몇 개 없다는 걸 들키고 싶지 않아서, 엄마 옷장을 뒤적이는 날도 늘어났다. 그렇지만 입고 있는 게 엄마 옷이라는 걸 들켜서도 안 되니까 신중해야 했다. 나영이는 사람들의 시선을 많이 의식했다.

　　해마다 날이 더워지면 나영이가 엄마에게 부탁하는 게 있었다. 매실. 아침마다 큰 물통에 얼음을 가득 넣고 매실을 타 달라고 졸랐다. 작년에 엄마가 파란 매실을 몇 킬로 얻어 와서, 둘이 한참을 같이 앉아 매실에다 이쑤시개로 구멍을 내고, 커다란 유리병에 설탕과 매실로 층층이 탑을 쌓아 재워 놓았다. 그렇게 만들어진 매실액에다 시원한 물이나 사이다를 타면 맛있는 매실차 탄생. 그치만 나영이네 집에선 그냥 매실이라고 한다. "매실 마실래?" 이렇게. 나영이에게는 슈퍼에 파는 다른 음료수보다 엄마가 타 주는 매실이 훨씬 맛있었다. 뭐 솔직히 말하자면, 다른 애들처럼 포카리스웨트나 파워에이드를 사서 학교에 가고 싶지만, 그럴 돈이 없다. 엄마가 교통카드 충전할 돈 말고 다른 용돈은 거의 안 주니까 500원, 1000원도 아주 큰 돈이다. 그러니 달달하고 시원한 건 매실로 대체하는 수밖에. 그래도 괜찮다. 맛있으니까.

반에서 친구들이 나영이에게 생일 축하 노래를 불러 줬다. 나영이가 특별한 사람이라 그런 건 아니고, 6학년 3반의 학급 규칙이다. 생일에는 노래 불러 주기. 늘 목청껏 노래를 부르다가, 가만히 앉아 친구들의 노랫소리를 감상해야 하는 상황이 되니 괜히 민망했다. 그 와중에 예원이와 예원이 무리가 딴청을 피우며 노래하지 않는 걸 지켜보는 마음도 썩 편하지는 않았다. 경수는 괜히 생일 축하 노래의 가사를 '사랑하는 나영이의 생일 축하합니다'에서 '안 사랑하는 오나영의 생일 축하합니다'로 바꿔 부르고는 낄낄거렸다. 민혁이는 입을 벙긋거리기는 하는데, 맨 뒤에 앉아서 그런지 노랫소리가 잘 안 들렸다. 은지는 크게 노래를 부르고는 반짝이는 비닐 포장지에 테이프가 덕지덕지 붙은 선물을 나영이에게 건넸다. 나영이는 이번 생일도 나쁘지 않다고 생각했다.

[20○○년 4월 26일]

생일! 엄마가 미역국을 해 줬다. 엄마, 낳아 주셔서 감사합니다. 반에서 생일 축하 노래를 부르는데 예원이는 안 부르고 박경수는 이상하게 불렀다. 둘 다 너무 싫다. 둘이 결혼하면 좋겠다. 은지가 생일 선물을 줬는데 두꺼운 수첩이었다. 분명히 집에서 직접 했을 포장 상태가 너무 웃겼다. 아마 이 일기장 다 쓰면 다음 일기장으로 쓰라는 거겠지. 히히. 좋은 친구당. 은지랑 이야기하면서 집에 가는 길에 마주친 민혁이가 어디서 났는지 모를 몽쉘 한 박스를 줬다. 생일 선물이라고. 비쌀 텐데. 하루에 하나씩만 먹어야지. 매실이랑 같이 먹으면 맛있겠다. 앗. 그러고 보니 남자애한테 생일 선물 받는 건 처음이다.

*

    학교 전체가 온종일 체육대회 연습에 한창이었다. 짝피구 연습을 하다가 운동신경을 인정받은 민혁이는 여기저기 손이 필요한 곳에 불려 가느라 정신없어 보였다. 짝피구 연습을 안 하는 시간에는 단체 줄넘기 줄도 돌리고, 100미터 달리기 기록도 재러 갔다. 나영이의 눈은 민혁이의 동선을 따라가고 있었다. 그 넓은 운동장에서 절대 일부러 찾아본 건 아니고, 가만히 앉아 있기 심심했는데 마침 눈에 띄어서 구경한 것뿐이라고, 자기 자신을 속여 가며. 민혁이는 누가 부탁을 하든 곧잘 들어줬다. 하지만 다른 친구들에게 먼저 말을 걸지는 않았다. 누군가 말을 걸면 대답은 해 줘도. 곰곰이 생각해 봤다. 나한테는 왜 자꾸 말을 걸지? 나랑 친해지고 싶나? 나영이의

매실과 짝피구

머릿속에 스스로 답할 수 없는 질문이 가득 찼다.

오후가 되니 민혁이가 더운지 땀을 흘렸다. 나영이는 옆에
앉아서 헉헉대는 민혁이에게 딱히 해 줄 게 없어서 안절부절못했다.
그러다 손에 쥐고 있던 부채를 쥐여 주고 물통 뚜껑에 매실을 따라서
건넸다. 민혁이는 뭐냐고 묻지도 않고 꿀꺽꿀꺽 마셨다.

"매실이네. 맛있다."

"너네 집도 매실 마셔?"

"응. 예전에 자주 담가 먹었어. 지금은 아니지만."

나영이는 민혁이의 말이 반가웠다.

"그럼, 체육대회 때도 가져올게."

그래서 자기도 모르게 약속해 버렸다. 도움을 요청하는
목소리가 자꾸 들려왔지만 민혁이는 못 들은 척 나영이 옆에 가만히
앉아 있었다. 이따가 다른 반 애들이 내려오면 짝피구 연습을 해야
하니까 그때까지 쉬고 싶어서 그런 걸까. 아니면 함께 있는 시간이
좋아서 그런 걸까. 이유가 뭐가 됐든, 나영이는 민혁이와 보내는 이
시간이 재밌었다. 두 사람은 시시콜콜한 이야기부터 마음속 깊이
가둬 놓았던 이야기까지 계속계속 꺼냈다.

나영이가 민혁이와 한참 이야기를 나누고 있는데, 경수가
나타나서 시비를 걸었다.

"너네는 짝피구 하다가 진짜 인생의 짝이라도 만났나?"

경수의 시비에 나영이는 화가 났다. 한편으론 민혁이가 어떻게
반응할지도 조금 궁금했다. 민혁이는 무표정한 얼굴로 경수가 하는
말을 무시했다. 그냥 없는 사람 취급했다. 경수는 자존심이 상했는지

갑자기 민혁이에게 막 소리를 질렀다.

"우리 엄마가 시장에서 너네 이모 봤대."

"근데?"

"니 엄마 아빠 없어서 이모랑 둘이 살잖아."

"그래서?"

"…."

"…."

"불쌍해."

민혁이는 자리에서 일어나 경수와 말다툼을 했다. 경수의 어깨를 향해 손도 몇 번 나갔다. 민혁이가 흥분하는 모습은 거의 본 적이 없어서, 나영이도 놀랐다. 평화롭고 즐겁기만 했던 민혁이와의 대화가 경수 때문에 끝나 버린 게 화가 났다. 경수가 뱉은 말들 때문에, 나영이는 경수가 전보다 훨씬 더 싫어졌다.

[20○○년 4월 27일]

민혁이랑 이야기를 오래 했다. 걔랑 있으면 좀 이상하다. 걔가 이상한 게 아니라 내가 좀 이상해진다. 남들한테는 잘 하지 않았던 이야기도 민혁이한테는 하게 된다. 예를 들면, 우리 엄마는 아직도 500원이면 문방구에서 뭐든지 다 살 수 있는 줄 안다는 이야기, 체육 쌤이 실은 문정 쌤을 좋아하는 것 같다는 이야기. 그리고 또, 내 정신연령이 조금 어른스러워서 가끔 친구들과 말이 안 통한다는 이야기나, 매일 드라마를 보면서 어른스러운 연애를 꿈꾼다는 이야기까지. 나도 모르게 자꾸 나에 대해서 이야기하게 된다.

그런 시시콜콜한 이야기를 들으면서, 민혁이는 고개를 끄덕이거나 맞장구를 쳤다. 그리고 자기 이야기도 했다. 사실은 엄마랑 아빠가 멀리 떠나서 이모와 둘이 산다는 이야기. 두 분이 어디로 떠났는지 잘은 모르는데, 어쩌면 그게 지구상에 존재하는 곳이 아닐 수도 있을 것 같다는 이야기. 이모가 시장에 있는 반찬집에서 일하는데, 호랑이 선생님이 주말마다 아내분이랑 와서 반찬을 사 간다는 이야기, 남자애들이 점심시간마다 축구하고 돌아와서 땀 냄새 풍기는 게 너무 싫다는 이야기, 어릴 때부터 이모와 함께 밤낮으로 드라마를 봤는데, 이제 실장님 나오는 한국 드라마에 질려서 외국 드라마를 보기 시작했다는 이야기까지.

민혁이네 집도 매실을 담근다는 점과 하루에 드라마를 서너 개씩 본다는 게 우리 사이의 주목할 만한 공통점이었다. 공통점을 찾으면 반가워서 좋았고 다른 점을 찾으면 신기해서 좋았다. 민혁이와의 대화가 물음표와 느낌표로 계속계속 채워졌다. 그러다 보니 내 인생 최대 콤플렉스라고 생각했던, 가난한 집안 사정까지 다 말하게 됐다. 한참을 고민하다가 겨우 말한 건데, 민혁이는 아무렇지도 않게 자기 집도 마찬가지라고 말했다. 막상 말하고 나니까 별거 아닌 비밀이었나 싶어서 마음이 편안해졌다. 딱 그때, 경수가 와서 민혁이를 괴롭혔다. 이모랑 둘이 사는 민혁이가 불쌍하다고 했다. 엄마랑 둘이 사는 나는 뭐지. 그럼 나도 불쌍한가. 나는 내가 안 불쌍한데. 오히려 그런 생각을 하는 경수가 더 불쌍했다. 한심했다. 선생님들이 싸움을 말리러 내려와서 상황은 마무리됐다. 민혁이가 경수의 어깨를 치기는 했지만, 반성문을 쓰는 건 오히려 경수 쪽이었다. 잘됐다.

헐. 그러고 보니 개학 첫날, 가족관계 조사할 때 아무것도 해당 안 되는 사람은 어떡하냐고 물었던 목소리, 그때 그 차분한 목소리. 민혁이었다!

*

　　나영이는 기분이 나빴다. 체육대회 연습이 있으면 여자애들끼리 서로를 기다려 주며 다 같이 반에서 운동장으로 내려갔는데, 화장실에 다녀와 보니 교실에 아무도 없었다. 불안한 마음으로 운동장으로 달려갔더니, 예원이가 나영이에 대해 이야기하고 있다. 너무 가난해서 음료수 사 마실 돈도 없다느니, 엄마가 공장에서 일한다느니, 아빠는 없다느니 뭐 그런 말들을 했다. 나영이는 너무 충격을 받은 나머지 굳어 버렸다. 왜 그런 식으로 말하냐고 따지고 싶었지만, 차라리 운동장에 내려온 적 없었던 척하고, 보건실에 가는 게 나을 것 같기도 했다. 이런 얼굴로 마주치고 싶지 않았다. 예원이가 하는 말이 진짜인지 가짜인지 확인 시켜 주고 싶지 않았다. 당황했다는 사실만으로도 지는 기분이 드는 게 싫었다. 나영이는 자기를 키우느라 고생하는 엄마를 위해서라도 싸우고 싶었다. 그치만 발이 떨어지지 않았다. 매실에서 냄새가 난다는 말도 최악이었다.

　　못 들은 척, 못 본 척하고 운동장을 떠나려는데 화단 뒤에 서 있던 민혁이와 마주쳤다. 분명 예원이가 하는 말을 다 들은 눈치였다. 그럼 예원이가 자기를 좋아하는 것도 알게 됐으려나. 나영이가 멀뚱히 서 있는데, 민혁이가 아무렇지 않게 나영이의 굳은 어깨를 톡톡 두드리며 말했다.

"매실 가지러 가? 같이 가자."

보건실에 숨으려고 했지만, 용감한 민혁이 앞에서 비겁한 사람으로 보이고 싶진 않았다. 그래도 민혁이가 동행한 덕분에 나영이의 기분이 조금 나아졌다. 아침에 엄마가 일찍 출근하는 바람에 오늘은 나영이가 직접 물 대신 사이다를 넣은 매실에이드를 만들었다. 얼음 넣는 걸 깜빡해서 그런지 가방에서 꺼낸 물통 속 매실이 진한색으로 출렁였다. 민혁이와 교실에서 단둘이 나오는데, 하필 경수를 마주쳤다. 그 순간 경수의 얼굴이 시뻘게졌다. 이쯤 되면, 인정하기 싫지만, 절대 싫지만, 경수가 나영이를 좋아하는 게 거의 확실한 것 같았다. 물론 민혁이를 좋아할 가능성도 무시할 순 없었다. 나영이 때문인지 민혁이 때문인지 아니면 함께 있는 둘 때문인지 잔뜩 심통이 난 경수는 나영이의 손에 들린 매실을 빼앗아 들고는 운동장을 향해 마구 달렸다.

경수의 돌발 행동에 나영이와 민혁이도 전속력으로 뛰었다. 달리는 와중에, 스탠드에 앉아 있던 예원이가 나영이를 째려보며 수군거리는 게 느껴졌다. 그래도 뭐 어쩌겠나. 멈출 수는 없었다. 경수는 운동장 한복판까지 달려갔다가 멀리서 체육 선생님이 걸어오시는 걸 보고는 다시 스탠드로 달려왔다. 그러면서 겨우 몇 걸음, 손 닿을 거리에 있는 나영이를 향해 매실이 든 물통을 던졌다. 그런데 너무 힘차게 던졌나. 경수의 뜀박질에 따라 와글와글 거품을 내던 매실이 담긴 물통은 수십 명이 앉아 있는 스탠드 차양 위로 아슬아슬하게 착지했다. 그리고….

'치—익.'

망했다. 발효가 잘된 매실액과 사이다, 정신없는 뜀박질, 그리고 적당히 후덥지근한 날씨의 조합. 나영이가 정성껏 만든 매실이 폭발했다. 체육대회가 얼마 남지 않아 전교생이 운동장에 내려와 있다고 봐도 틀리지 않았는데, 그 수많은 학생들이 폭발음에 한 번 놀라고 매실의 시큼한 냄새에 두 번 놀라며 기겁을 하고 도망쳤다. 그중에서도 예원이는 일부러 더 심하게 반응하는 것 같았다. 코를 틀어막으며 피신하는 모습이란. 나영이는 이제 그런 예원이가 우스웠다.

스탠드 차양 위로 던져진 물통에서 매실이 분수처럼 뿜어져 나왔고, 아무도 그걸 막을 수는 없었다. 경수도 당황했는지 이러지도 저러지도 못한 채 매실 비를 맞아 쫄딱 젖었다. 모두가 매실 비를 피하는 그때, 나영이조차 얼어붙은 그때, 민혁이가 하늘을 향해 고개를 들었다. 그러고는 쏟아지는 매실 비를 향해 입을 벌렸다. 한 방울씩 떨어지는 매실 비를 마시는 민혁이의 모습. 초등학교 1학년 때 코딱지를 먹거나 지우개 똥을 먹는 기이한 식습관을 가진 친구들과 비슷해 보이면서도, 로맨틱했다. 나영이는 그런 민혁이에게서 눈을 떼지 못했다. 그리고 웃었다. 웃으면서 민혁이를 따라 했다. 한참을 웃다가 고개를 돌렸는데 2층 방송실 창문으로 고개를 빼꼼 내밀고 있는 은지와 나영이의 눈이 마주쳤다. 은지는 그 풍경을 가만히 지켜보며 웃고 있었다.

매실과 짝피구

[20에년 5월 2일]

충격의 매실 비 사건. 솔직히 예원이가 내 욕 했을 땐 진심 기분 나빴는데
그때 기분은 벌써 다 까먹었다. 하늘에서(정확히 말하면 지붕 위에서) 매실이
비처럼 내리고, 그 아래에서 매실 비를 마시려고 입을 벌리고 선 민혁이의 모습이
너무 강렬했다. 자꾸만 눈앞에서 그 장면이 느리게 재생됐다. 하루 종일
그랬다. 일기를 쓰는 지금 이 순간에도. 아마 전교생이 다 그런 민혁이를
보고 있었을 거다. 그런데도 민혁이는 아랑곳하지 않고, 눈을 감고 하늘을
향해 입을 벌리고 있었다. 나는 사람들이 어떻게 생각할까, 애들이 뭐라고
말할까, 매실이 냄새나고 더럽다고 했던 예원이와 친구들은 또 무슨 말로
나를 상처 입힐까, 그런 생각뿐이었다. 근데 민혁이가 그 이상한 행동을
하는 순간 머릿속에 있던 다른 모든 것들이 전부 흐릿해지고, 민혁이만 눈에
들어왔다. 머릿속에 종이 댕댕댕 하고 울리는 순간. 한동안은 잊지 못할 것
같은 순간. 잠시 멍하니 서 있는데, 체육 쌤이 내려오셔서 다 터져서 바람
빠지는 소리만 나는 물통도 구조해 주시고, 경수도 데려가셨다. 덕분에 상황이
정리됐다. 그런데도 내 마음은 정리가 되지 않고 폭발 상태 그대로라서 하루
종일 정신이 없었다. 심지어는 예원이가 코를 막고 친구들한테 뭐라고 하는
것 같긴 했는데, 별로 상관없었다. 이상하다. 상관없어진 게. 매실 비를
마시던 민혁이의 얼굴만 계속 떠오른다. 집에 가는 길에 은지가 그랬다.
그 표정. 좋아할 때만 나오는 표정이라고. 내가 어떤 표정을 지었는지
잘은 모르겠지만, 이렇게까지 계속 생각나면 정말 사랑에 빠진 걸까?
시큼달달한 매실 냄새와 햇볕 아래서 반짝이는 민혁이의 얼굴이 머릿속에서
떠나지를 않는다. 아니 근데 민혁이가 원래 이렇게 잘생겼었나?

드디어 체육대회다. 긴 시간 지겹도록 체육대회 연습을 하면서 짝피구에 재능이 없다는 걸 확인하게 됐다. 진작부터 예상은 했지만, 이번에 아주 제대로 확인하게 되었단 뜻이다. 누가 이기든 말든 별 상관이 없으니 체육대회가 그다지 기대되지도 않았다. 그 와중에 매실 비 사건 이후 민혁이를 보면 자꾸 가슴이 두근거려서 불편했다. 민혁이는 교실에 도착하자마자 그동안 짝피구 같이 해줘서 고맙고 매일 매실을 나누어 줘서 고맙다며 나영이에게 검은 봉지를 건넸다. 봉지 안에는 과자와 젤리 같은 게 잔뜩 들어 있었다. 민혁이는 용돈을 모아 산 거라고 오늘 같이 먹자고 말했다. 이러면 곤란하다. 나영이는 자기에게 잘해 주는 사람에게 약하단 말이다. 생일에 몽쉘도 주더니, 이렇게 또 먹는 걸로 유혹하다니. 민혁이가 잘해 주면 잘해 줄수록 나영이는 민혁이가 더 좋아졌다. 나영이와 엇비슷한 키, 하얀 얼굴, 약간 붕 떠 있는 뒷머리, 기다란 속눈썹, 코 위에 난 점, 기다란 손가락… 왠지 냄새도 좋은 것 같다. 어디에선가 나영이를 노려보고 있을 예원이의 시선이 느껴졌다. 민혁이와 계속 잘 지내는 한 나영이와 예원이의 관계 회복은 쉽지 않을 것 같다.

체육대회는 여차저차 진행됐다. 모두의 걱정과 다르게 비는 내리지 않았고, 나영이의 걱정과 다르게 시큼한 매실 비도 내리지 않았다. 한편 나영이는 짝피구를 하는 내내 생각이 많아졌다. 민혁이의 등짝에 붙어 뒤통수를 바라보고 있자니 자꾸 심장이 요동치는 것도 문제였고, 민혁이는 피구 코트 안에서든 밖에서든 늘 나영이를 지켜 주는데 자기는 아무것도 해 주지 못했다는 사실 역시 문제였다. 마음이 좋지 않았다. 매실을 나눠 마신 것 말고는 민혁이에게 해 준 게 없었다. 나영이는 집에서도 나름대로 어른스러운 딸이고, 학교에서도 늘 의젓한 캐릭터인데 이상하게 민혁이한테는 자꾸만 의지하게 됐다. 짝피구를 할 때만큼은 민혁이의 뒤에 꼭 붙어서 안전하다는 감각을 느끼는 게 싫지만은 않았다. 하지만 드라마 속 실장님과 신입 사원의 관계가 지금의 민혁이와 나영이의 관계와 다를 게 뭔가 싶어서, 왠지 별로였다. 민혁이가 실장님이 나오는 한국 드라마를 싫어한다는 점 때문에 더 그런 생각을 했다. 시끄러운 응원전이 펼쳐지는 체육대회 중에 나영이 혼자만 정신이 다른 데 팔려 있었다.

꼬리에 꼬리를 무는 생각들 때문에 나영이는 정신이 없었다. 공에 시선을 떼고 그저 민혁이의 허리춤을 잡고 따라다니느라 바빴다. 그때 옆 코트에서 강한 속도로 공이 날아왔다. 평소라면 민혁이가 피하고 나영이가 그 뒤를 엉거주춤 따라갔겠지만, 공이 너무 빨라서 그럴 새도 없었다. 나영이 쪽으로 날아오는 공을 급하게 막아보려던 민혁이의 손가락에 공이 부딪쳤다. "아야!" 민혁이가 손가락을 부여잡고 찡그렸다. 쓸데없는 생각만 좀 안 했어도 다치는 일은 없었을 텐데. 나영이는 자기 때문에 다친 거라고 생각했다. 민혁이는 괜찮다고 계속하겠다고 하는데, 다른 사람들의 눈엔 안 괜찮아 보였다. 체육 선생님이 민혁이의 손가락이 약간 부은 것을 보더니 보건실로 끌고 갔다.

짝이 사라지면 짝피구에서 할 수 있는 건 아무것도 없었다. 나영이는 가만히 서서 경기 중인 친구들을 바라봤다. 은지와

성은이가 눈에 들어왔다. 안정감 있는 두 사람의 모습. 두 사람은
서로를 좋아하는 것 같았다. 그냥 좋아하는 게 아니라 서로를
믿고, 서로를 의지하고, 또 서로를 지켜 주는 느낌. 민혁이가
사라진 운동장에 홀로 남은 게 이상하게 느껴졌다. 그러고 보니
짝피구를 연습하는 내내 민혁이와 떨어져 있었던 적이 거의 없다.
그건 아마 나영이가 혼자가 되려는 순간마다 민혁이가 말을
걸어 주었기 때문일 것이다. 나영이는 옆을 지켜 줬던 민혁이의
모습들을 떠올렸다. 공을 맞지 않게 하려고 애쓰는 몸짓도. 그동안
부끄러워하던 집안 사정을 말했을 때의 반응도. 이틀 전 매실 비
사건 때 어떻게 했는지도. 나영이의 착각이 아니라면, 민혁이가
나영이에게 보여 준 마음들은 용감하고 소중한 무언가였다. 이제
나영이의 차례였다.

　　나영이는 민혁이를 찾으러 보건실에 갔다. 다행히 손가락이
크게 다친 건 아니었는지 민혁이는 멀쩡했다.
　　"괜찮아?"
　　"응, 별로 안 아프다."
　　"민혁아, 이제 내가 니 지켜 줄게."
　　눈을 질끈 감았다 떠 보니 민혁이가 얼떨떨해하며 웃고 있었다.
나영이는 민혁이의 손을 잡고 운동장에 내려갔다. 피구 코트에 다시
들어가서, 민혁이를 등 뒤에 세웠다. 잘 잡으라고, 괜히 멋있는 척도
좀 해 봤다. 앞에 서나 뒤에 서나 나영이의 움직임은 똑같이 굼뜨고,
어딘가 엉성했다. 하지만 민혁이가 해 준 것만큼 해 주고 싶었다.
그래서 잘하진 못해도, 민혁이를 보호하기 위해 끝까지 애를 썼다.
이번만큼은 공을 피하는 자신의 모습이 부끄럽지 않다고 생각하며.

매실과 짝피구

그냥 곁에 있어 주는 게 사랑일까. 위기의 순간을 함께 보내는 게 사랑일까. 지켜 주고 싶은 마음이 드는 게 사랑일까. 의지하고 싶은 마음이 드는 게 사랑일까. 여전히 머릿속이 복잡하지만, 확실한 건 있었다. 나영이는 민혁이를 좋아한다.

　　나영이와 민혁이는 생각보다 금방, 아니 생각한 대로 금방 아웃됐다. 그래도 괜찮았다. 은지가 나영이한테 멋지다고 엄지를 치켜세워 줬고, 체육 선생님도 나영이를 보며 '잘-했-어-' 하고 웃어줬다. 땀을 흘리며 헉헉대는 나영이를 보면서 민혁이도 웃었다. 결국 6학년 3반은 짝피구 결승에 못 올라갔다. 그치만 괜찮았다. 다 괜찮았다. 그래서 나영이도 웃었다.

[2애년 5월 4일]

체육대회가 드디어 끝났다. 시원한가? 섭섭한가? 시원섭섭하다는 말을 이럴 때 쓰는 거구나. 짝피구를 하다가 민혁이가 다쳤다. 나 때문에. 민혁이의 등 뒤에 붙어서 민혁이를 생각하느라 정신이 팔린 나 때문에. 그래서 용기를 냈다. 그 덕에 오늘 처음으로 내가 민혁이를 지켜 줬다. 피구 코트 안에서, 민혁이가 내 허리를 잡고 뒤에 서는 것도 나쁘지 않았다. 오히려 든든했다. 결국 짝피구 우승은 4반이 했다. 연습할 때부터 확실히 다르다고 느꼈는데, 역시나.

계주는 우리 반이 우승했다. 치열한 순서 싸움 끝에 결국 마지막 주자로 선발되어 결승점에 들어온 건 예원이었다. 모두가 예원이를 향해 박수를 보내고 있는데, 첫 번째 주자로 나섰던 경수가 조용히 나를 불렀다. 아직도 시비 걸 체력이 남았냐고 신경질을 내려는데, 고개를 숙인 경수가 뭐라고 중얼거렸다. 목소리가 평소답지 않게 너무 작아서 몇 번을 되물었다. 믿기지가 않았다. 경수가 미안하다고 했다. 민혁이한테도 미안하다고 전해 달라고 하면서, 얼린 포카리스웨트 두 병을 줬다. 기분이 좀 좋았다. 6학년이 되더니 그 유치한 박경수도 변하는 날이 오는구나. 그치만 민혁이에게는 오늘이 아니더라도 꼭 직접 사과하라고 말했다. 박경수는 역시 아직 어른이 되기는 멀었다.

체육대회가 끝나고 민혁이랑 햄버거를 먹고 같이 집에 왔다. 실장님이 나오는 한국 드라마는 싫어하면서 왜 너는 실장님처럼 구냐고, 왜 맨날 너 혼자 나를 지켜 주냐고 물어봤다. 민혁이는 아무런 대답도 안 하고 웃었다. 민혁이가 손가락이 다쳤으니까 매일 같이 하교하자고 했다. 집에 갈 땐 다리를 쓰는데 손가락 다친 게 무슨 상관이냐고 놀리고 싶었지만, 너무 좋아서 아무 말도 안 나왔다. 그래서 그냥 고개만 대충 끄덕거리고 넘어갔다. 으. 설렌다. 내일도 엄마한테 매실 타 달라고 해야겠다. 히히. 이제 일기장은 진짜로 잃어버리면 안 되겠다. >_<

매실과 짝피구

작가의 말

두근두근 꾸룩꾸룩

정은경

지금보다 약간 어렸던 나는 용기는 없으면서 허세만 가득했다. 좋아하는 마음은 말하지 못하고 쿨한 척하기 바빴다. 정말 하고 싶은 건 꽁꽁 숨기고 적당히 해낼 수 있는 것들만 내 꿈인 양 내세우고 다녔다. 남들이 좋아하는 내 모습을 흉내 내느라 진짜 나를 외면했다. 그러다 보니 모든 것에 늦되었다. 과거를 바꿀 순 없지만 서현이와 유미, 그리고 정선여고 탁구부 친구들을 만나면서 그 시절의 나를 보듬어 줄 수 있었다. 나와 비슷하지만 더 용감하고 솔직한 친구들의 세계 속에서 청량감을 느꼈다. 새로운 형식의 글을 써야 하는 부담감 뒤에 숨지 않길 잘했다.

이번 앤솔로지에 나를 추천해 준 지민 님, 정성스러운 피드백으로 즐겁게 작업하도록 이끌어 준 고혜원 님, 더 나은 글로 만들어 주신 김유진 님, 마무리를 잘할 수 있게 도와주신 이수인 님과 안전가옥 여러분에게 감사한다. 함께 신나게 탁구 쳐 준 성산 탁구장 관장님 및 회원 여러분과 탁구 기술 및 90년대 탁구 관련 수많은 질문에 귀찮아하지 않고 답해 주신 김숭실 님, 탁구선수 생활을 생생하게 전해 주신 오예빈 님과 오예빈

님을 소개해 준 김정현 님, 서현의 팬 일부가 사용하는 대구어를
상황별로 뉘앙스까지 설명해 준 김사월 님, 목청 큰 약사의 경주어를
지하철에서 목소리 낮추어 읊어 준 김혜란 님, 은정의 포항어를
여러 버전으로 녹음해 준 서현정 님, 안지훈의 전주어를 주변인
총동원해 생생하게 전해 준 양진용 님, 노민옥 님, 양옥님 님, 그리고
첫 아이디어를 떠올렸을 때부터 제목을 정할 때까지 빛나는 의견과
따스한 응원을 건네준 윤명 님에게 감사한다.

작가의 말

여름을 찾아서
이동은

연결이 쉬운 요즘이다. 하루 중 연결되어 있지 않은 때란 없다. 일부러 연결을 차단할 필요도 느끼지만, 역설적으로 그만큼 동시에 고립감도 느낀다. 고립에 대한 두려움 역시 어느 때보다 크다.

돌아보면 청소년 시절은 그 연결 속에서 나를 찾던 시기였던 것 같다. 내 주변엔 아무도 없다고, 난 철저히 혼자라고 서글퍼하는 10대가 오늘 밤에도 어딘가 있겠지. 그런 사람을 만난다면 이 말을 전해 줄 수 있을까? 당신이랑 연결된 끈이 꼭 사람에게만 향해 있는 건 아니라고.

반려 동식물은 물론 타인으로 한정 짓지 않아도 괜찮다. 어느 외딴섬에 있더라도 나는 과거와 미래의 나랑 연결되어 있으니까. 당장 일기에 한 문장을 쓰는 일만으로도 과거의 내가 들려주는 목소리를 미래의 나에게 전달할 수 있다. 생각해 보면 귀엽고 놀라운 일인데, 아무도 놀라지 않는다. 나조차.

단편을 쓰기 몇 달 전 일이다. 존재조차 까마득히 잊었던 10대 시절 홈비디오를 우연히 발견해 재생한 적이 있다. 그 동영상에서 옛 친구를 만났다. 언제나 날 따라다니며 곁에 앉아 이야기를 가만히 들어 주던 나의 친구.

　　그 친구 기억을 떠올리면 의젓한 모습만 남아 있는데 영상에서는 우리 집에 처음 왔을 당시의 작고 여린 강아지 모습이었다. 사람이 언젠가 죽으면 먼저 무지개다리를 건너간 반려동물이 하늘에서 마중을 나온다는 동화 같은 이야기를 이제는 사실이라고 진심으로 믿고 싶다.

　　제목 〈여름을 찾아서〉는 중국 송나라 시대 어느 비구니가 지은 오도송(悟道頌: 고승이 자신의 깨달음을 노래한 시)에서 빌려 왔다. 〈탐춘(探春)〉이라는 제목으로도 알려진 이 시 속의 화자는 봄을 찾아 나섰지만 결국 봄을 찾지 못하고 집으로 돌아온다. 시는 결구에 "春在枝頭已十分(춘재지두이십분)"이라는 구절로 끝을 맺는다. 풀어 쓰자면 "봄은 이미 나뭇가지 끝에 와 있은 지 오래구나"라는 뜻이다.

　　당신의 봄을 찾기를 바라며.

매실과 짝피구

오세연

나는 사랑에 중독되었다. 하지만 사랑이 뭐냐고 물으면 대답을 못 한다. 나보다 소중한 게 생기면 사랑인가. 아니 나의 특별함을 알게 해 주면 사랑인가. 찌질한 순간조차 멋있어 보여야 사랑인가. 아니 무게를 잡아도 귀여워 보여야 사랑인가. 지켜 주고 싶은 마음이 드는 게 사랑인가. 아니 보호받고 싶은 마음이 드는 게 사랑인가. 웃음이 나면 사랑인가. 아니 눈물이 나면 사랑인가. 나를 어린아이로 만들면 사랑인가. 아니 나를 나이팅게일, 마더 테레사, 박성혜(우리 엄마)로 만들면 사랑인가. 아, 모르겠다. 정말 모를까? 응 진짜 모르겠다.

그런데도 사랑을 하고 싶다. 잘 알지도 못하면서, 그것이 알고 싶어서, 때로는 모르는 채로 그냥 두더라도, 쉬지 않고 하고 싶다. 그래도 모르는 걸 아는 척 쓰고 싶진 않았다. 그래서 썼다. 좋아하는 사람에게 잘 보이고 싶어 하는 여자애에 대해서. 가진 것을 다 주고 싶어 하고 상대의 모든 것을 진심으로 예뻐하는 여자애에 대해서. 그리고 마침내 크고 작은 두려움에서 멀어지는, 사랑의 힘을 경험하는 여자애에 대해서. 이 여자애는 나의 과거일까 미래일까 아니면 영원한 타인일까. 모르겠다. 정말 모를까? 아니 알 것 같다. 그치만 이건 소설이다.

기억 속에 있는 풍경을 더듬을 때마다 마주친 덕성초등학교 6학년 3반 친구들, 나의 첫사랑(이었던) 체육 선생님께 감사하다. 덕분에 웃으면서 썼다. 나를 나로 살게 해 주는 가족들과 친구들에게도 고맙다. 내가 사랑 중독에서 벗어나지 못하게 된 데에 큰 책임감을 가지고, 언제나 지금처럼 나를 사랑해 주기를 바란다. 의심할 필요 없이 내가 더 많이 사랑할 거지만.

어쨌거나 생각이 많은 이 여자애는 머릿속에 있는 것을 글과 말로 끄집어내며 살아갈 것이다. 많이 틀리고 자주 울어도 금방 일어나서 씩씩하게 사랑할 것이다. 그리고 반드시 행복할 것이다.

작가의 말

프로듀서의 말

'하이틴, 스포티, 로맨스', 안전가옥 기획 앤솔로지 《여름을 달려 너에게 점프!》는 이 세 가지 키워드로 시작되었습니다. 가장 즉흥적이고, 가열하게 심장이 뛰는 운동을 할 10대 시절의 사랑을 안전가옥에서 색다르게 담아낸다면, 독자분들에게 새로운 자극이 될 수 있을 거라 믿었습니다. 그래서 저는 좀 더 새로운 시도를 하고 싶었습니다. 한 번도 소설 작업을 해 보신 적이 없는, 대신 영상으로 다양한 사랑을 표현해 주셨던 감독님들과 함께 작업을 하기로 결심하였고, 세 명의 멋진 감독님들과 함께 이번 기획 앤솔로지 《여름을 달려 너에게 점프!》를 완성할 수 있었습니다.

500년을 살아온 뱀파이어와 한 소년의 유쾌한 사랑을 담은 영화 〈뷰티풀 뱀파이어〉의 정은경 감독님, 어떠한 모습이, 그리고 어떠한 사랑이 가족을 만드는가라는 질문들을 던지던 영화 〈니나 내나〉, 〈당신의 부탁〉의 이동은 감독님, 좋아해서 행복했고 그래서 씁쓸해진 팬들의 사랑을 그려 낸 영화 〈성덕〉의 오세연 감독님, 세 분의 감독님과의 협업은 기존의 작업과 비슷하면서도 달랐습니다.

그래서 이번 앤솔로지를 기획하고 프로듀싱 작업을 하는 내내 완성된 모습을 머릿속으로 그려 보는 순간들이 많았습니다. 감독님들과의 협업인지라 더욱 이미지적으로 제 오감을 자극하는 장면들이 많았거든요. 제 기대와 설렘이 가득했던 프로젝트였던 만큼, 독자분들께도 그러한 작품으로 다가가길 바라봅니다.

탁구대 앞에서 땀을 흘리며 자신의 감정을 알게 되는 서현과 유미의 눈맞춤, 첫사랑의 몸속에서 자신의 뒤통수를 처음 바라보게 된 우림의 시선, 펑 하고 터져 버린 매실 비를 맞고 서 있는 민혁이에게서 시선을 뗄 수 없었던 나영이까지. 10대의 요동치는 감정과 걷잡을 수 없이 커진 사랑에 대해 참으로 다정히 바라보는 시선들이 가득한 이번 앤솔로지는 10대 독자분들에게도, 그 시절을 지나온 독자분들에게도 다채로운 장면들로 상상될 것이라 자부합니다. 그래서 여러분이 각 단편 속에서 찾아낸 명장면이 어느 장면일지도 궁금해집니다. 부디 그 장면이 독자분들에게 콕 박혀 이 이야기들을 읽던 이 순간을 기억하실 수 있으면 좋겠습니다.

《여름을 달려 너에게 점프!》는 사실 카야 PD님의 기획에서 시작된 작품이었습니다. 빛나는 여름, 반짝이는 땀방울, 그리고 운동하며 서로 마주치는 눈빛 등 다양한 이미지들을 담을 수 있을 기획에 제가 함께하여 마무리 지을 수 있어 소중한 기회였습니다. 이번 앤솔로지를 마무리하며 올해 다짐을 새로이 해 봅니다. 저도 저의 심장을 가열하게 뛰게 할 새로운 운동을 배워야겠습니다.

지금까지 서현, 우림, 나영의 빛나는 10대의 여름을 함께

보내주신 독자분들께 감사의 마음을 전합니다. 독자분들께도
심장을 뛰게 할 운동이 찾아오길.

안전가옥 스토리 PD
고혜원 드림

여름을 달려 너에게 점프!

기획　안전가옥
프로듀서　고혜원
　　　　　김보희, 신지민, 윤성훈
　　　　　이수인, 이은진, 임미나
퍼블리싱　박혜신, 임수빈
편집　김유진
디자인　금종각 최세은
서비스 디자인　김보영
비즈니스　이기훈
경영지원　홍연화

펴낸이　김홍익
펴낸곳　안전가옥
출판등록　제2018-000005호
주소　04779 서울특별시 성동구 뚝섬로1나길 5,
　　　헤이그라운드 성수 시작점 202호
대표전화　(02) 461-0601
전자우편　marketing@safehouse.kr
홈페이지　safehouse.kr

ISBN　979-11-93024-75-1 03810
초판 1쇄　2024년 6월 26일 발행